낯선 아르바이트

이경순 청소년소설
낯선 아르바이트
도서출판 답게

작가의 말

내가 살아보니까 인생은 고민의 연속이더라.

한 가지 문제를 해결하면 금방 또 다른 문제가 생기지.

그런데도 우리는 당장 그 문제만 해결하면 앞으로 행복만 있을 것처럼

온 힘을 다해 거기에 매달리지. 그런데 아니거든.

살아 있는 한 새로운 문제, 새로운 고민은 계속 나와.

그래서 수없이 많은 기쁨 행복이 있어도 그 문제,

그 고민에만 집중하며 우울해하지.

그러니까 내 말은, 고민을 너무 깊게 하지 말라고...

죽을 듯이 고민해서 선택한 길도 100% 만족스러운 건 없거든.

안 가본 길에 대한 미련처럼 늘 얼마쯤의 후회는 남는다는 거지.

그러니 좀 가볍게 걸어가도 좋겠단 말을 하고 싶었어.

이 말은 〈낯선 아르바이트〉 속 인물이 주인공 선우에게 한 말이다.

우리는 누구나 크든 작든 자기 몫의 고민을 안고 살아간다. 나 혼자가 아닌 사회 속에 함께 어우러져 살아가야 하기 때문이다. 10대들은

성적·친구·진로… 등의 문제로, 20대는 취업·연애·결혼 관련 고민이 많을 것이다. 30대, 40대, 50대… 역시 마찬가지다. 연령대별로 그 상황이나 역할에 따른 새로운 고민을 마주하게 된다. 결국 삶이 다하는 날까지 새로운 문제와 고민의 연속인 거다. 어느 시기의 고민이 더 무겁고 깊은지 저울질할 수는 없다. 누구나 현재, 내 고민이 가장 무겁고 힘든 법이니까.

하지만 고민이 꼭 나쁜 것만은 아니다. 고민을 통해 더 나은 선택을 할 수 있고, 더 나은 내가 될 수 있기 때문이다. 또한 그런 시간을 통해 우리는 성장하고 더 단단해진다.

다만 오롯이 고민에만 집중하며 우울해하진 않기를 바란다. 고민에만 함몰되어 내가 가진 기쁨과 행복은 외면한 채 어둠의 나락으로 떨어지지 않기를 바란다.

이런 바람을 이 책 '낯선 아르바이트'에 담았다.

오늘도 자기 몫의 고민으로 힘겨워하는 청소년들,

이 땅 모든 이들의 삶이 조금은 더 밝고 경쾌해졌으면 좋겠다.

노란 산국화 눈부신 가을에

이경순

● '낯선 아르바이트'는 앞서 나온 답게 청소년소설 '낯선 동행'의 후속작이기도 합니다.

차례

01 마지막 문자

엄마의 핸드폰은 손바닥에 쏙 들어올 만큼 작고 가볍다.

하늘색 보호 덮개에 싸여 늘 엄마 손에 쥐어졌던 핸드폰, 세상과의 유일한 소통 창구였던 핸드폰. 하지만 그 핸드폰은 지금 내 손에 있다.

엄마의 장례식 끝나고 며칠 후였던가. 아저씨가 내 방으로 왔다.

"문자 메시지 좀 보면 좋겠구나. 너한테 보내려고 했는데 못 보낸 모양이다."

아저씨가 핸드폰을 내밀며 말했다.

선뜻 손이 가지 않았다. 우두커니 있자 아저씨는 핸드폰을 책상 위에 놓고 나갔다.

열어볼 용기가 나지 않았다. 쓰고도 보내지 않은 문자, 어떤 내용이기에 보내지 않은 걸까. 아니면 못 보낸 걸까?

며칠 동안 핸드폰을 집었다 놓기를 반복했다. 엄마의 마음을 들여다보는 일은 그만큼 용기가 필요했다. 그러다 마침내 마음을 다잡고 핸드폰을 켜고 문자 앱을 눌렀다.

'선우'라고 적힌 이름 아래 '임시 저장'이란 빨간 글자가 떠 있었다. 날짜를 보니 엄마가 돌아가시기 이틀 전에 작성된 거였다. 쿵덕거리는 가슴을 누르며 '임시 저장' 문자를 눌렀지만 비장했던 내 마음에 비해 내용은 턱없이 짧고 특별할 것이 없었다.

그동안 보고 또 본 탓에 이제 엄마의 그 마지막 문자는 내용뿐 아니라 점 하나까지 고스란히 머릿속에 사진처럼 박혀 있다. 그런데도 나는 다시 그 문자를 클릭했다.

선우야… 많은 것이 후회되네.
너랑 얘기라도 많이 해야 했는데.
그럴 기회가 오려나…
미안하다, 선우야… 선아랑 아저씨에게 잘해야 해…

언제나처럼 마지막 줄에서 숨이 콱 막혔다.

내가 미안하다… 선아랑 아저씨에게 잘해…

병원으로 들어가던 날도 엄마는 내게 그렇게 말했었다.

결국 그 말은 내게 하는 마지막 말이 되고 말았다.

마르고 건조했던 엄마의 그 음성에서 나는 미안한 마음을 조금도 느끼지 못했다. 어둡게 꺼진 눈에서는 그저 지친 피로만 느껴졌다. 무엇이 미안하다는 것인지, 정말 미안한 마음이 있기나 한 것인지…. 책임 지지 못한 것에 대한 미안함이겠지만, 그 말은 내게 전혀 위로가 되지 않았다. 미안한 마음을 뱉어내면 나는 스펀지처럼 그저 받아줘야 하는 건가. 왜 늘 나만 뒤에 남아 혼자 감정을 추스르며 이해해야 하는가. 미안하다면서 선아랑 아저씨에게 잘하라는 건 또 뭔가. 결국 엄마의 가슴엔 선아와 아저씨뿐이었던 거다. 마지막까지 엄마가 내게 하고 싶었던 말은 바로 그거였다.

어수선한 생각을 뚫고 가슴 저 아래서 뜨거운 것이 치밀고 올라왔다. 먹은 게 없는데도 체한 듯 속이 답답하고 더부룩했다.

모자를 눌러쓰고 라디오와 핸드폰을 챙겨서 집을 나섰다.

이럴 땐 걷는 게 최고다. 걷다 보면 답답하고 더부룩하던 속도 좀 편안해졌다.

이건 할머니와 살면서 터득한 것이다. 웅크리고 앉아 삭이는 것보다 걷는 게 좋다고 하셨다. 할머니와 그렇게 걷고 있으면 신기하게도 무겁던 걱정도 답답한 마음도 가벼워졌다.

빌라를 나와 큰길로 내려서는데 해바라기 아줌마와 마주쳤다.

"안녕!"

아줌마가 활짝 웃으며 손을 흔들었다.

아줌마는 언제 봐도 해바라기처럼 환하게 웃는다. 처음 본 날도 그랬다.

작년 가을 저녁 무렵이었다.

현관문 벨 소리에 문을 열자 꽃무늬 원피스 차림의 아줌마가 환하게 웃으며 손을 흔들었다.

"학생, 반가워. 나 요 뒤쪽 빌라에 이사 왔거든. 신고식 떡이야."

아줌마가 떡 접시를 내밀며 말했다.

'요즘 세상에도 이런 걸 하는 사람이 다 있네.'

내가 떡 접시를 받자, 아줌마는 다시 손을 흔들며 돌아섰다.

그 후로 몇 번 길에서 마주쳤는데 아줌마는 늘 해바라기꽃처럼 화사하게 웃으며 손을 흔들었다. 그때마다 나는 어색해서 서둘러 그 자리를 벗어났다.

'손 흔드는 게 습관인 걸까?'

나는 언제나처럼 아줌마에게 꾸벅 인사하고 얼른 골목 위쪽으로 향했다.

낮은 빌라와 단독주택들이 오밀조밀 모여 있는 이곳은 서울이 맞나 싶을 만큼 산동네다. 그래서 좋았다. 할머니와 살던 곳과 비슷한 환경이라 한결 마음이 편했다.

동네 끝에 작은 공원이 있고 거기서 길은 두 갈래로 나뉜다. 왼쪽은 산으로 뻗었고 오른쪽 길은 조금 휘어지다 큰길을 만나는데 그 지점에 마을버스 차고지가 있다. 차고지 옆으로 다시 제법 넓은 도로가 나 있지만, 그쪽으로는 한 번도 가본 적이 없다.

나는 공원을 지나 왼쪽 산길로 향했다. 산길을 얼마쯤 오르면 길은 다시 두 갈래로 나뉜다. 좁고 구불구불한 왼쪽 길은 오래된 옛길인데 조금 가면 정자가 나온다. 다른 쪽 길은 새로 낸 길로 산책로가 있는 자락길로 이어진다. 산자락을 따라 합성목재를 연결해서 만든 자락길은 사람들이 많이 다녔다. 그래서 딱 한 번 가보고 다시는 그쪽 길로 가지 않았다.

왼쪽 좁은 길로 걸어갔다. 이 길은 사람 마주칠 일이 없어서 좋았다.

얼마쯤 올라가자 낡은 정자가 나왔다. 이곳이 내 아지트인 셈이다.

정자 기둥 뒤쪽을 살폈다. 오늘도 빈 그릇만 있고 고양이는 없었다.

그릇은 일부러 고개를 디밀고 보지 않으면 눈에 띄지 않을 위치에 있다. 규태 형이 아니었다면 나도 지금껏 그릇이 거기 있다는 걸 몰랐을 것이다.

규태 형을 처음 만난 건 두어 달 전이었다.

그는 고양이 밥그릇에 사료를 부어 주고 내려가는 길이었고, 나는 정자로 올라가는 중이었다. 나만의 장소라고 생각한 곳에서 마주친 사람, 달갑지 않았다. 어쩌면 그도 같은 생각을 했을지 모르겠다.

우리는 엇갈리면서 서로를 흘깃 봤다. 다른 학교 교복이었고 명찰에 '빛나 고등학교 정규태'라고 적혀 있었다. 언뜻 봐도 나보다는 나이가 많을 거 같았다.

'이 시간에 산에 오는 고등학생도 다 있네.'

나는 정자에 올라 그가 내려간 쪽을 봤다. 그때 갑자기 그가 고개를 돌려 내 쪽을 봤다. 놀라서 그만 후다닥 고개를 돌렸다.

그 후 다시 만났을 때 그가 먼저 씩 웃었다. 그 순간 장난기 가득한 영규의 웃음이 떠올랐고, 잔뜩 부풀었던 내 경계심은 와르르 무너졌다.

그는 그렇게 한순간 내 속으로 훅 들어왔다. 누군가를 가슴에 들이는 일은 어쩌면 거창한 이유나 긴 시간이 필요한 게 아닌지도 모른다. 아주 사소한 이유, 그러니까 좋아하는 누군가와 그저 웃음이 닮았다는 것만으로도 가슴이 확 열리니 말이다.

'그런데 엄마는?'

순간 가슴이 뒤틀리듯 아팠다.

반년 이상을 함께 먹고 자고 했으면서도 핏줄인 엄마를 가슴에 들이는 일은 왜 그렇게 어렵고 힘들었을까?

나는 깊게 숨을 들이마셨다 내쉬며 정자로 올라갔다.

난간에 기대앉아 라디오를 꺼냈다. 라디오는 할머니가 쓰시던 거였다. 노래를 좋아하는 할머니를 위해 할아버지가 마음먹고 사 준 유일한 선물이라고 했다.

할머니는 종일 노래가 나오는 채널에 주파수를 고정해 놓고 노래를 들었다. 할머니가 집에 있는 날은 언제나 할머니의 라디오에서 노래가 흘러나왔다.

할머니의 라디오로 할머니가 듣던 음악을 듣고 있으면 할머니와 같이 있는 기분이다. 그래서 외로움이 조금은 덜어지는 거 같다.

이어폰을 연결하고 라디오 전원을 켜려고 할 때였다.

'톡'

작은 돌멩이가 발치께에 떨어졌다.

'뭐지?'

나는 정자 천장을 올려다봤다. 아무것도 없었다.

'톡'

다시 작은 돌멩이 하나가 바닥으로 떨어졌다.

어이없게도 도깨비 얘기가 떠오르면서 가슴이 벌렁거렸다. 뒷덜미도 곤두섰다.

천장을 보고 주위를 휘둘러봤다. 아무도 보이지 않았다.

톡톡,

돌멩이 두 개가 연달아 떨어졌다. 놀라서 벌떡 일어섰다. 그때였다.

"크하하하~"

괴상한 웃음소리가 정자 아래서 울려 퍼졌다.

오싹 소름이 돋았다. 사람 소리가 이렇게 무섭게 느껴지기는 처음이었다.

벌렁거리는 가슴을 누르며 웃음소리가 나는 쪽으로 한 발 한 발

다가갔다.

"하하, 완전히 쫄았구나!"

누군가 벌떡 일어서며 소리쳤다.

"아… 씨!"

상대의 얼굴을 확인한 순간 긴장이 풀리면서 정자 난간에 풀썩 주저앉았다.

"헐, 너 지금 나한테 욕 했냐? 그렇게 쫄보면서 혼자 산엔 왜 오냐?"

규태 형이 놀리듯 말했다.

오늘은 교복 아니라 티셔츠에 운동복 바지를 입고 있었다.

"욕 안 나오게 생겼어요? 미친 사람인 줄 알고 얼마나 놀랐는데."

나도 모르게 불퉁하게 말이 나갔다.

"내가 너무 심했나? 혹시나 했는데 진짜 만나니까 너무 반가워서 장난 좀 쳤지."

형이 정자로 올라서며 미안한 듯 뒷머리를 긁적거렸다.

"여기 자주 오는 모양이네."

"가끔요."

"그래도 나보단 자주 오겠지?"

형이 두 눈을 동그랗게 뜨고 진지하게 물었다.

그다지 대답하고 싶지 않았다. 꼬치꼬치 묻는 것도 달갑지 않았고 깊이 얽히는 것도 싫었다.

"왜요?"

"고양이 사료 좀 챙겨줬으면 해서. 모의고사도 있고……. 당분간 못 올 거 같아서."

형이 주머니에서 뜯지 않은 사료 봉지를 꺼내며 말했다.

순간 부끄러웠다. 내가 너무 빽빽하게 굴었다는 생각에 사료 봉지를 받았다.

고양이 그림이 그려진 봉지는 손바닥만 했지만 제법 묵직했다.

"일부러 올 필요는 없고. 오게 되면."

나는 고개를 끄덕였다.

"한 번에 줘도 되고, 시간 되면 두세 번 정도 나눠 주면 더 좋고."

형이 덧붙였다.

"그런데 너 이름이 뭐냐? 고양이 밥을 함께 주는 사이에 이름 정도 알아도 되잖아. 난 규태야. 정규태."

형이 웃었다. 장난기 가득하면서도 해맑은 웃음, 마음을 무장해제 시키는 바로 그 웃음이었다. 순간 다시 영규 얼굴이 떠올랐다.

"선우요."

나는 영규의 얼굴을 밀어내며 내뱉듯 말했다.

형 이름은 이미 알고 있었다. 전에 교복에 붙은 명찰에서 봤으니까. 하지만 그 말은 하지 않았다.

우리는 정자 바닥에 뚝 떨어져서 앉았다. 나는 라디오 음악을 들었고, 형은 핸드폰을 보다가 산을 멍하니 바라보다가 했다.

"고맙다. 다음에 볼 수 있음 또 보자."

규태 형이 시계를 보더니 일어섰다.

형이 산을 거의 내려갔다고 생각될 즈음 일어나서 내려다봤다.

형은 마을버스 차고지 쪽으로 걸어가고 있었다.

다시 정자 난간에 기대앉았다. 형이 앉았던 자리로 눈이 갔다. 마주 앉았어도 딱히 얘기를 나눈 것도 아닌데 가슴속에서 뭔가가 빠져나간 듯 허전했다. 외로웠다.

나는 입술을 앙다물며 이어폰을 집어 들었다. 막 귀에 꽂으려는데 핸드폰 벨이 울렸다.

디리리링 디리리링~

핸드폰을 꺼내 화면을 봤다.

'영규?'

가슴이 두근거렸다.

할머니를 생각하면 자연스레 떠오르는 친구 영규. 눈물이 핑 돌만큼 반갑다. 하지만 선뜻 '통화' 버튼으로 손이 가지 않았다. 아무렇지 않은 척 받을 자신이 없었다.

영규와는 작년 여름 5박 6일간 도보여행 후 더이상 만나지 못했다.

여행 끝나고 엄마와 살게 되면서 전학을 갔고, 갑자기 바뀐 환경에 정신을 차릴 수가 없었다. 그러다 차츰 연락이 끊어졌다.

통화 버튼을 누르면 분명 안부를 물을 것이고 그동안의 얘기를 쏟아내야 할 것이다. 하지만 지금은 아무 말도 하고 싶지 않았다.

벨이 울리는 동안 가슴이 둥둥거리며 졸아붙었다. 미안함의 무게만큼 가슴이 무거웠다.

마침내 전화가 끊어졌다. 안도감인지 아쉬움인지 모를 감정이 밀려왔다.

이어폰을 귀에 꽂으려는데 카톡 알림음이 울렸다. 영규였다.

잘 지내냐? 정말 느린 편지가 왔네.
닭살 멘트지만 행복함.

클릭하지 않아도 내용이 보였다.

길게 쓰지 않는 녀석이니 저 내용이 다일 것이다.

'느린 편지?'

작년 도보여행 중에 들렀던 삼척의 레일바이크와 빨간 우체통이 떠올랐다.

'뜨거운 여름, 특별한 이벤트! 느린 우체통으로 뜨거운 사랑을 배달해 드립니다-삼척 레일바이크!'라고 적혔던 문구도 떠올랐다.

그때 나는 영규에게 편지를 썼다. 그런데 뭐라고 썼던가?

1년 전인데 까마득히 오래전 일처럼 느껴졌다.

다시 카톡이 울렸다.

이번 방학 때 추억여행 2탄 어때?

'이번 방학?'

그러고 보니 그새 여름방학이 코앞으로 다가와 있었다.

다시 카톡이 울렸다.

참고로 숙식 제공, 비좁은 텐트 절대 아님.

'비좁은 텐트 절대 아님'에 웃음이 나올 뻔했다.

그랬다. 나는 '비좁은 텐트'로 하는 도보여행에 영규를 초대했었다.

나 혼자서는 나설 용기도 자신도 없어서 생각 끝에 영규를 초대했다. 녀석이 싫다고 할까 봐 '갑자기 유학 가게 되었다. 그 전에 마지막으로 너랑 3박 4일 추억여행을 가고 싶다'라는 구질구질한 거짓말로 녀석을 동행시켰다. 뜻하지 않게 민재의 합류로 여행은 5박 6일로 늘어났고, 우리는 내내 비좁은 텐트에서 함께 잤다. 말은 안 했지만, 영규는 분명 텐트 잠자리가 불편하고 힘들었을 것이다. 그래서 영규에게 더 고맙고 미안했다.

카톡을 클릭해서 보고 싶지만 그럴 수가 없다. 읽고 나면 답장을 해야 할 것이다.

'느린 편지에 뭐라고 썼지?'

기억이 깜깜했다.

그때 내가 어떤 마음이었던가를 떠올리면 기억이 날지도 몰랐다.

기억을 더듬는데 편지를 봉하기 전 핸드폰으로 찍었던 게 떠올랐다. 그 순간의 내 마음을 나에게도 담아두고 싶다고 생각했던 거 같다.

핸드폰 갤러리를 열었다. 그동안 사진을 거의 안 찍어서 얼마쯤 내려가자 편지를 찍은 사진이 나왔다. 클릭했다.

이런 이벤트가 있어 참 다행이다.

너한테 말하고 싶은 게 있는데 얼굴 보고 하긴 좀 그랬거든.

사실은… 여행 계획할 때 내 생애 마지막 여행이라고 생각했어.

할머니 돌아가시고 나니까 내가 더 살아야 할 이유를 못 찾겠더라고…

아무 의욕도 없고, 희망도 없고… 당장 내 삶을 마감해도 아파할 사람이나 있을까?

이승의 삶을 그만 끝내고 싶다는 생각을 했었어…….

민재랑 함께 해서 참 다행이야. 아니 행운이었지.

여행을 하면서 그동안 나도 남들이 진 짐은 못 보고 내가 진 짐만 봤단 생각이 들어. 애매한 아저씨 말대로 나를 힘들게 하는 짐이 아니라 나를 살게 하는 힘이요 기쁨으로 받아들이려고 해. 그래서 어쩌면 내년 여름방학 때, 내가 또 너를 졸라댈지 몰라.

같이 추억여행 2탄 떠나가자고…….

영규야, 정말 고마워. 사랑한다.

눈물이 핑 돌았다.

그때 보낸 느린 편지가 오늘 영규에게 전달된 모양이다.

편지를 쓰던 순간이 오롯이 떠올랐다. 영규에게도 민재에게도 정말 고마웠다.

영규 말대로 숙식 제공되고 비좁은 텐트가 아닌 추억여행 2탄을 가고도 싶었다. 하지만 또다시 어둡고 답답한 마음으로 영규까지 힘들게 하고 싶지는 않다.

'영규야, 고마워. 그리고 미안해.'

나는 입술을 깨물었다.

그때 다시 카톡이 울렸다.

맘 내킬 때 답장 줘.

'눈치 빠른 자식!'

역시 영규는 나를 너무 잘 안다. 한결 마음이 놓였다. 언제든 얘기해야겠지만 지금은 아무 말도 하고 싶지 않다.

02
물꽃이 식물

방학식이 끝나자 아이들은 왁자지껄 무리 지어 흩어졌다.

시끄러운 소리는 나와는 상관없는 아주 먼 곳의 소리처럼 느껴진다. 마치 워터볼 속의 인형처럼 바깥세상과는 단절된 채 나 혼자 물속을 부유하며 떠 있는 것 같다.

누군가 내 어깨를 툭 쳤다. 그 바람에 나는 갑자기 워터볼 밖으로 튕겨 나왔다.

고개를 돌리자 짝꿍 녀석이 나를 보고 있었다. 녀석 옆으로 그의 단짝 친구가 호기심 어린 눈으로 나를 봤다.

나는 귀에서 이어폰을 뺐다.

"다크맨, 방학 끝나면 좀 밝아져서 보자. 얘기도 좀 하고."

짝꿍 녀석은 이렇게 말하고 단짝과 경쾌하게 멀어져갔다.

1학기 내내 나랑 짝꿍이었지만 제대로 된 대화를 한 적이 없었다. 몇 번 말을 걸어왔지만 내 대답이 불성실하자 더는 말을 걸지 않았다. 그러는 사이 녀석에겐 단짝이 생겼다.

'내내 저 말이 하고 싶었구나.'

멀어져가는 녀석을 보고 있자니 그런 생각이 들었다.

하고 싶었지만 속으로 꽁꽁 누르다 이제부터 방학이라는 생각이 녀석의 용기를 북돋웠을 것이다. 방학 끝나고 만났을 땐 새삼 그 얘기를 꺼낼 필요가 없을 테니까.

그동안 녀석의 눈에 비친 나는 '다크맨'이었던 모양이다. 아마 반 아이들 모두 비슷한 생각일 것이다. 하지만 상관없다.

나는 다시 워터볼 속의 부유하는 인형이 되어 집으로 향했다.

버스에서 내려 골목길을 터덜터덜 올라갔다.

현관 비밀번호를 누르고 집 안으로 들어갔다.

언제나처럼 텅 빈 집은 물속에 잠긴 듯 무겁다. 할머니랑 살 때도 나는 혼자 현관문을 열고 텅 빈 집으로 들어갔다. 그때는 지하였지만 지금은 지상 이층집이다. 그때는 좁고 어두웠지만, 지금은 넓고 환하다. 그런데 그때는 가벼웠지만, 지금은 무겁다. 너무 무거워 질식할 거 같다.

처음 이 집에 왔을 때가 떠오른다.

쭈뼛거리며 아저씨를 따라 집 안으로 들어왔을 때 엄마라는 낯선 아줌마와 동생이라는 역시 낯선 여자아이가 나를 맞았다.

"선우야, 어서 와."

낯선 엄마가 어색하게 웃으며 나를 살짝 안았다.

순간 '이게 뭐지?' 싶은 생각이 밀려왔다.

언젠가 '지나간 뉴스'라는 프로에서 이산가족 상봉 장면을 본 적이 있다. 그들은 서로 껴안고 목청껏 엉엉 울었다. 보는 나까지도 가슴이 울컥해질 만큼 그들의 만남에는 기쁨, 감격, 감동이 있었다. 다른 상봉자들도 마찬가지였다.

그 프로를 본 후로 이따금 엄마와 만나는 장면을 상상해 보곤 했다. 상상만으로도 가슴이 울컥거리며 콧등이 매워 왔다. 그런데 실제는 상상과 아주 딴판이었다. 눈물범벅인 그들의 눈과 달리 엄마의 눈은 눈물 대신 복잡 미묘한 감정을 담고 있었다. 그게 어떤 감정인지는 읽어내지 못했다.

나도 마찬가지였다. 뭔가 뜨거운 것이 가슴을 치밀고 올라오며 울컥 목이 멜 거로 생각했지만 담담했다. 그 사실에 가슴이 서늘했다.

"여긴 네 동생이야."

엄마가 나한테서 몸을 떼고 말했다.

"반가워 오빠. 난 선아야. 5학년인데 학교를 일찍 들어가서 그렇지 나이는 11살이야."

엄마 옆에서 줄곧 싱글벙글이던 여자아이가 말했다.

쑥스러운 듯 웃는데도 환한 햇살 같은 기운이 느껴졌다.

'선아… 선우…….'

속으로 중얼거리는데 이상하게 이 부분에서 가슴이 찌릿해 왔다.

돌림자를 쓰는 형제나 남매를 자주 봤다. 그때마다 부러웠다. 나도 돌림자를 쓰는 형이나 누나, 동생이 있었으면 좋겠다고 생각했다. 혼자는 늘 외로웠다.

나를 오빠라고 부르는 아이의 이름을 지으며 엄마가 나를 떠올렸다는 사실이 기뻤다. 나를 아주 생각 안 한 건 아니구나 싶었다. 그건 시린 가슴에 살짝 온기가 닿는 기분이었다.

첫인상처럼 그 아이 선아는 맑고 밝았다. 그리고 정말 잘 웃었다. 하얀 이가 보이도록 환하게 웃었다. 꼭 눈부신 햇살 속에서만 살아온 아이 같았다. 어둠이라곤 깃든 적이 없는 아이, 11년 동안 오롯이 햇살 속에서만 살아온 아이. 그래서인지 보고 있으면 나와는 어울릴 수 없는 먼 존재처럼 느껴졌고 그때마다 가슴 저 아래서 알 수 없는 감정이 치밀고 올라왔다. 그렇게 밝고 환한 건, 태어나면서부터 지금껏 그늘 없이 살아왔기 때문일 것이다. 나는 누리지 못한 걸 오롯이 누려온 탓이었다.

불편한 내 마음을 눈치챌 법도 하건만 그 아이는 자주 내 방을 찾아와 수다를 떨었다. 스스럼없이 방문을 두드렸고, 내 의자나 침대에 걸터앉아 쉼 없이 재잘거렸다. 학교 얘기, 동네 사람들 얘기, 아저씨 얘기일 때도 있었다.

내가 딴생각에 빠질라치면

"오빠, 내 말 듣고 있어?"

아이는 나를 향해 눈을 동그랗게 뜨고 눈앞에다 손바닥을 흔들어댔다.

내가 고개를 끄덕이면 아이는 다시 재잘거렸다. 말도 재미있게 해서 나도 모르게 빠져들었지만, 어느새 햇살처럼 밝기만 한 그 아이에게 묘한 열등감이 밀려왔다. 그런 내가 실망스러워 자신에게 또 화가 났다.

더이상 못 견디겠다 싶으면 슬며시 책을 꺼냈다. 아이는 그제야 말을 멈췄다.

"그만 가야겠다. 나도 얼른 숙제해야지."

아이는 손을 흔들며 나갔다. 여전히 환한 웃음을 머금은 채.

하지만 그것도 몇 달 전 얘기다. 그 아이는 이제 나를 향해 웃지 않는다. 나에게 재잘거리지도 않는다. 나는 텅 빈 집에 혼자 있는 기분이다.

'민재네 보육원으로 갈까?'

불쑥 든 생각에 서둘러 고개를 내저었다.

"선우야, 엄마랑 살기 싫으면 우리 보육원으로 와. 내가 원장님께 잘 말씀드릴게."

도보여행 마지막 날 민재가 말했었다.

민재는 내게 힘을 주고 싶었을 것이다. 이 세상에 너 혼자가 아니라고 말해주고 싶었을 것이다. 그때는 어이없다며 웃었는데 그 말이 이렇게 힘이 될 줄은 몰랐다. 마치 막다른 깜깜한 굴속에 작은 굴 하나가 뚫려있는 기분이다.

그 작은 굴이 밝고 환한 세상으로 나가는 출구로 이어질지, 더 깊고 어두운 막다른 굴일지는 나도 모른다. 하지만 밝고 환한 세상으로 나가는 출구라 해도 나는 작은 굴을 따라갈 수가 없다. 나로 인해 생긴 깜깜한 굴속을 나만 빠져나가는 건 비겁하다. 그리고 굴을 벗어난다고 해서 질식할 듯한 이 숨막힘이 오롯이 사라지진 않을 거다. 그래도 그 작은 굴이 있어 막다른 길이란 막막함은 조금 덜어준다.

굳게 닫힌 선아의 방문 앞을 지나 베란다로 향했다.

아저씨의 베란다 정원은 오늘도 눈부셨다.

진초록의 이파리들은 반짝반짝 윤이 났고, 꽃송이들은 탐스럽고 화려했다.

그중에서 내 관심을 끄는 건 화분 사이에 놓인 유리병이다. 유리병에는 가녀린 가지 하나가 동글동글한 이파리 몇 개를 매단 채 덩그러니 꽂혀 있다.

그 가녀린 가지는 여전히 이파리의 무게조차 지탱하기 버거워 보인다.

"물꽂이 중이야. 유칼립투스라는 식물인데 물꽂이가 어렵다네. 뿌리를 잘 내려서 흙에 옮겨 심을 수 있으면 좋겠는데."

몇 주 전쯤 아저씨가 말했다.

아저씨는 베란다에 쭈그리고 앉아 물꽂이 식물이 담긴 유리병을 들여다보고 있었다. 뭔가 싫어 흘깃 봤는데 그새 내 눈길을 느낀 모양이었다.

아저씨가 내 쪽으로 몸을 돌린 탓에 윗옷 주머니가 벌어지면서 속에 있던 수첩이 몸통을 드러냈다. 늘 아저씨 윗주머니에 들어 있던 그 수첩은 끝부분만 나달나달한 게 아니라 몸통도 낡을 대로 낡아 있었다. 새로 사면 될 텐데 굳이 낡아빠진 수첩을 쓰고 있는 아저씨가 궁상맞아 보였다. 커다란 덩치로 날마다 밤늦은 시간까지 베란다에 쭈그리고 앉아 화초를 살피는 모습도 청승맞아 보였다.

'물꽂이'

그날 방으로 들어와 핸드폰을 열고 '물꽂이'를 검색했다.

궁금한 걸 바로 찾아보는 건 할머니와 살면서 생긴 습관이다. 호기심 많은 할머니는 수시로 궁금한 것들을 내게 물었고, 나는 핸드폰으로 검색해서 알려주었다.

물꽂이
물에 식물의 줄기나 잎을 일정 기간 담가 뿌리를 내리게 한 후에 흙에 옮겨 심는 번식법.
식물을 번식시키는 방법의 하나로 일반적으로 많이 사용되고 있는 번식법이다.

오픈 사전에는 이렇게 나와 있었다.

내용 옆에 물꽂이 이미지 사진도 있었다. 투명한 유리병에 담긴 식물이 하얀 뿌리 몇 가닥을 내린 채 떠 있는 모습이었다.

그 모습을 보고 있으니 가슴이 아릿해 왔다.

발이 닿지 않아 허공에 떠 있는 식물은 격랑 속에 떠 있는 배만큼이나 불안정해 보였다. 여린 바람에도 안간힘 쓰며 버티고 떠 있을 거였다. 여느 식물들처럼 땅속에 뿌리를 두고 있다면 얼마나 좋을까. 그럼 비바람에도 밑동에 힘을 준 채 세상을 향해 꿋꿋이 서 있을 텐데. 뿌리로 꽉 움켜쥘 든든한 흙이 있으니까.

그날 이후로 거실을 오갈 때면 저절로 그 유리병 속의 물꽂이 식물로 눈이 갔다.

더운 날씨 탓에 물이 뿌옇게 탁해질 법도 한데 늘 말간 걸 보면 아저씨가 주기적으로 갈아주는 모양이었다. 하지만 물에 잠긴 줄기 밑동은 여전히 뿌리가 나올 기미가 없었다. 동그란 공기 방울만 조롱조롱 매달고 있었다. 어쩌면 저 상태로 뿌리를 못 내리고 썩어 버릴지도 모른다.

현관문 열리는 소리에 고개를 돌렸다.

선아였다. 선아도 오늘 방학식을 한 모양이다.

눈이 마주치자 선아는 반사적으로 얼굴을 돌렸다. 잠깐 마주쳤지만 무표정한 두 눈, 꾹 닫힌 입술에서 서늘한 한기가 느껴졌다.

순간 엄마 장례식 끝나고 선아가 했던 말이 오롯이 되살아났다.

"엄마가 돌아가셨는데 어떻게 눈물 한 방울 안 흘릴 수가 있어?

내가 사람을 잘못 봤지."

선아의 목소리는 낮고 매몰찼다.

순간 뒤통수를 얻어맞은 듯 찌릿한 통증이 온몸을 훑고 지나갔다. 말로도 사람을 때릴 수 있다는 걸 그때 처음 알았다.

'내가 사람을 잘못 봤지.'

선아의 말이 가슴속에서 회오리쳤다. 회오리는 불기둥이 되어 가슴을 휘저었다.

'네가 나에 대해 뭘 얼마나 아는데?'

목청껏 따져 묻고 싶었지만, 목구멍에서 아무 말도 나오지 않았다.

그 후로 선아는 내게 한 마디도 건네지 않는다.

선아가 방에서 캐리어를 끌고 나왔다.

며칠 전부터 아저씨와 캠프 문제로 다투는 소리를 들었었다. 선아는 안 가겠다고 버텼고 아저씨는 가야 한다고 했다. 더이상 다툼 소리가 들리지 않기에 흐지부지 끝났나보다 했는데 결국 선아가 가기로 한 모양이다.

선아는 캐리어를 질질 끌고 현관문으로 향했다.

쾅,

현관문이 요란하게 닫혔다. 집이 통째로 울리는 듯했다.

마치 선아가 나를 향해 날리는 주먹 같았다.

03
특별한 계획 있니?

무겁게 가라앉은 집, 숨이 막혔다.

라디오와 핸드폰을 챙겨 집을 나섰다. 막 현관문을 밀고 나오려는데 사방이 어두워지면서 세찬 빗소리가 들렸다. 소나기였다.

신발을 벗고 바삐 창문 쪽으로 종종걸음쳤다. 창문은 모두 아주 조금씩만 열려 있었다. 아저씨가 나가기 전 미리 비설거지를 한 모양이었다.

'어디로 가지?'

갑자기 길을 잃은 기분이었다.

거실 가운데 우두커니 서 있었다. 그때 다인용 소파 옆에 놓인 1인용 의자가 눈에 들어왔다. 기울어진 꽃잎 모양의 하늘색 의자는 엄마를 위한 자리였다.

엄마는 조금만 움직여도 숨차고 힘들어해서 주로 안방에서 쉬거나 저 의자에 앉아 텔레비전을 봤다. 창밖 풍경을 한없이 바라보기도 했다.

텅 빈 의자를 보자 가슴이 아렸다.

엄마의 엉덩이와 등이 닿았던 부분의 색이 옅어져 있었다.

조심스레 앉았다. 엄마 자리에 앉아 보는 건 처음이었다. 폭신하고 포근했다.

엄마처럼 의자에 등을 기대고 창문 저편을 봤다.

빌라 사이 낮은 주택들 너머로 진초록의 산이 보였다. 산허리 따라 우산을 쓴 채 자락길을 걷는 사람들이 보였다.

'저 풍경을 보고 계셨구나.'

여기서 산이 보일 줄은 몰랐다. 엄마 구역 쪽엔 한 번도 발길을 한 적이 없었다.

자신의 행복을 위해 다섯 살 아들을 시어머니에게 떼놓을 수 있는 엄마는 내게 그저 생물학적 엄마일 뿐이었다. 그래서 함께 사는 동안 엄마에게 어떤 기대도 품지 않았다. 그런데 막상 그런 엄마가 떠나자 다시금 가슴속에서 무엇인가가 허물어져 내리는 것 같았다. 그 자리엔 원망과 후회가 차올랐다. 이렇게 갑자기 떠날 줄 알았으면 얘기라도 자주 할걸. 엄마에 대해, 나에 대해, 서로에 대해 좀 더 친절하게 얘기 나눌 걸… 온통 후회투성이였다.

할머니의 죽음으로 사람은 어느 날 갑자기 사라질 수도 있다는 걸 깨달았다. 그래서 할머니와 함께하지 못한 많은 순간을 후회했다. 그런데 나는 다시 같은 후회를 반복하고 있었다. 그런 내가 어리석고 바보 같았다.

'그때 그 뉴스를 보지 않았다면 좀 달라졌을까?'

엄마랑 선아와 셋이 점심으로 국수를 먹은 주말이 떠올랐다.

점심 준비로 힘들었을 엄마를 위해 내가 설거지를 했고, 선아가 사과를 깎았다.

셋이 소파에 앉아 사과를 먹으며 텔레비전을 보는 중이었다.

최근 온라인 커뮤니티 게시판에 올라온 글이 화제가 되고 있습니다. '어린 자식을 버리고 재혼한 뒤 연락 한번 없다가 자녀 유산 챙기려고 20년 만에 나타난 엄마가 과연 부모라고 할 수 있을까요?'라는 내용의 글인데요, 요즘 이런 사연 심심찮게 보게 됩니다. 어머니는 아이가 3살 때 이혼한 뒤 재혼했는데….

나는 사과를 한 입 베어 문 채 더이상 씹을 수가 없었다.

'어린 자식… 재혼… 자녀 유산… 20년 만에…'

아나운서의 한 마디 한 마디가 가슴에 박히면서 머릿속을 헝클어 댔다. 동시에 뉴스 속 엄마 얼굴에 내 엄마 얼굴이 겹쳤다.

엄마는 할머니에게 나를 맡긴 후 11년 동안 연락 한번 없었다. 그러다 할머니가 교통사고로 돌아가신 후에야 내게 전화와 문자를 해댔다. 그것도 아주 맹렬하게. 왜 하필 그때였을까? 엄마도 돈 때문이었을까? 할머니의 사고 보상금 때문에?

나도 모르게 엄마 쪽으로 눈이 갔다.

나를 보고 있던 엄마랑 눈이 마주쳤다. 엄마의 눈빛이 흔들렸다. 얼굴도 어두워졌다.

가슴이 쿵쾅거리며 널뛰기했다. 엄마는 분명 내 눈에서 불신의 마음을 읽었을 것이다. 하지만 나는 아무 말도 할 수 없었다. 그저 영원처럼 느껴지는 불편한 그 순간에서 벗어나고 싶다는 생각뿐이었다.

"어휴, 뭐 저런 엄마가 다 있대. 우리 딴 거 보자."

사과를 와작와작 씹으며 선아가 채널을 돌렸다.

그때 엄마가 갑자기 기침을 시작했다.

"엄마, 왜 그래?"

선아가 먹던 사과를 팽개치듯 접시에 놓고 엄마에게 달려갔다.

나는 사과를 입에 문 채 우두커니 앉아 엄마와 선아를 봤다.

"방에 가서 좀 누워야겠다."

겨우 기침이 멎은 엄마가 힘겹게 말했다.

엄마는 한 손으로 가슴을 누르며 안방으로 향했고 선아가 걱정스레 뒤따랐다.

침대에 눕는 소리, 선아 발걸음 소리, 안방 문이 닫히는 소리가 아득히 멀리서 들리는 듯했다.

이상한 기분이 들어서 고개를 돌렸다. 선아가 몇 걸음 떨어진 곳에 서서 나를 보고 있었다. 내 손에 들린 사과와 내 얼굴을 번갈아 봤다. 의아함과 당혹스러움이 뒤섞인 묘한 눈빛이었다. 그때부터였을 거다. 선아의 표정이 달라지고 말이 줄기 시작한 건.

분명 엄마도 그 일이 충격이 되어 극심한 스트레스로 작용했을 것이다. 그 얼마 후 엄마는 입원했고 결국 병원에서 돌아가셨으니까.

그 생각을 하자 다시금 숨이 막혔다.

라디오를 켜고 이어폰을 귀에 꽂았다. 할머니가 즐겨 듣던 노래가 흘러나왔다.

> 인생은 웃고 살기에도 짧아요, 고민하지 말고, 웃어요~
>
> 인생은 사랑하며 살기에도 짧아요, 얼굴 찌푸리지 말고 웃어요~
>
> 웃을 일 없다 말고 웃어요. 웃으면 웃을 일이 생긴답니다~

경쾌한 멜로디를 따라 어깨를 우줄거리던 할머니 모습이 떠올랐다.

조금씩 숨통이 트였다. 의자 깊숙이 몸을 밀어 넣었다.

그때 이상한 냄새가 밀려왔다. 음식 썩은 냄새 같기도 하고 생선 비린내 같기도 했다. 그건 이따금 아저씨 몸에서 나던 냄새였다.

'아저씨?'

눈이 번쩍 떠졌다.

조금 떨어진 곳에 아저씨가 서 있었다. 막 들어왔는지 외출복 차림이었다.

엉거주춤 일어났다. 나쁜 짓 하다 들킨 것처럼 가슴이 벌렁거렸다.

아저씨가 앉으라는 손짓을 했다. 그렇다고 다시 앉기도 그랬다. 아저씨는 여전히 서 있었기 때문이다.

나는 거실에 걸린 시계를 흘깃 봤다. 오전 10시였다.

아저씨의 퇴근 시간은 들쭉날쭉 이었다. 턱없이 빠른 날도 있고 아주 늦은 밤일 때도 있었다. 쉬는 날도 일정하지 않아서 평일 주말 구분이 없었다. 어떤 일을 하기에 몸에서 그런 냄새가 나고, 일하는 시간이 그렇게 불규칙한지 궁금했다. 하지만 묻지는 않았다.

아저씨가 손가락으로 자기 귀를 톡톡 건드렸다. 그제야 내가 이어폰을 끼고 있다는 사실을 깨달았다. 얼른 이어폰을 뺐다.

"방학이지?"

아저씨가 내 눈을 보며 물었다.

이렇게 가까이서 아저씨와 눈을 마주한 건… 그렇다, 할머니와 살던 집으로 아저씨가 나를 데리러 왔을 때였다.

"네가 선우지? 가자, 엄마가 기다리신다."

그때 아저씨는 지금처럼 내 눈을 가만히 보며 말했다.

아저씨 얼굴에선 아무 표정이 없었다. 잘 지내보자거나 반갑다거나 하는 형식적인 인사도 없었다. 사실 그게 더 나았다. 밝게 웃으며 인사했다면 '정말 내가 반가울까?' 혼자 되물으며 가식적인 사람이라고 생각했을 것이다. 무표정하니 솔직해 보여서 마음이 한결 편했다.

그날처럼 나는 이내 아저씨의 눈길을 피하며 고개를 끄덕였다.

"방학 때 특별한 계획 있니?"

뜻밖의 질문에 나도 모르게 눈이 커졌다.

1년 가까이 함께 지내면서 나에게 딱히 관심을 보인 적이 없는 분이었다. 처음엔 서운한 마음도 들었지만, 차츰 그럴 수밖에 없다는 생각이 들면서 편해졌다. 아니, 고마웠다. 아저씨가 원해서 나를 맡은 건 아닐 테니까. 아픈 엄마가 졸라서 어쩔 수 없이, 마지못해 응했을 것이다. 그러니 서로 적정 거리를 유지한 채 지내는 편이 부담 없고 좋았다.

'방학 때 특별한 계획 있니?'

아저씨의 질문을 곱씹자니 지난 겨울방학 때가 떠올랐다.

낯선 엄마랑 처음 맞는 방학, 나는 처음으로 내 계획이 아닌 엄마 계획에 따라 학원에 다녔다. 그게 좋았는지 어쨌는지는 잘 모르겠다.

이번 방학은 아무 생각 없는 가운데 맞이했고, 방학 때 특별히 하고 싶은 것도, 해야 한다고 생각한 것도 없었다.

"아르바이트 같은 건 해 본 적 있니?"

내가 고개를 젓자 아저씨가 다시 물었다.

아르바이트라면 중학교 때 전단지 돌리기며 간단한 것들 해봤었다. 카페에서 서빙 아르바이트도 몇 개월간 했었는데 그건 영규 덕분이었다.

영규는 중학교 2학년 때 처음 같은 반이 된 아이였다. 하지만 괄괄하고 직선적인 영규와 내성적인 내가 어울릴 만한 접점이 별로 없었다. 큰 키 때문에 나는 뒤쪽에 앉았고 영규는 중간쯤에 앉았기 때문에 더 그랬기도 했다.

그러다 여름방학을 앞둔 어느 날 나는 용기를 내어 영규에게 다가갔다. 그 아이의 엄마가 카페를 하신다는 소문을 들었기 때문이다.

"너희 엄마 카페 하신다며?"

나는 빙빙 돌리지 않고 바로 물었다.

"그런데, 왜?"

갑작스러운 질문 탓인지, 아니면 사적인 걸 알고 있다는 사실에 거부감이 들었는지 영규의 말투는 딱딱하고 공격적이었다.

순간 가슴이 벌렁거리면서 말을 잘못 꺼냈구나 싶었다. 하지만 나는 안정적인 아르바이트 자리가 꼭 필요했다. 마음을 가다듬고 다시 용기를 냈다.

"나, 거기서 아르바이트 좀 하면 안 될까? 15세 미만은 취직인허증을 받아야 해서 전단지 돌리기 같은 거 말고는 할 만한 게 없더라고."

"아르바이트는 왜?"

여전히 영규 목소리는 딱딱했다.

"할머니랑 여행을 계획하고 있어. 내 힘으로 경비를 좀 마련하려고."

나는 솔직하게 말했다.

순간 영규 마음이 말랑해지는 게 느껴졌다. 마음이 놓였다.

"야, 엄마가 그러시는데 15세 미만을 아르바이트로 쓰려면 엄청 귀찮다던데? 사서 고생이라며?"

며칠 뒤 영규가 이마를 구기며 말했다.

나도 알고 있었다. 할머니 희수 축하 선물로 함께 깜짝 여행을 다녀오려고 아르바이트를 시작했다. 오래 살아서 기쁘다는 뜻으로 77세를 희수라고 부른다는 걸 알고 나서 계획한 거였다. 하지만 전단지 돌리는 걸로는 경비 모으는 게 쉽지 않았다. 제대로 된 아르바이트 자리를 구하려고 알아봤지만, 사장님들은 모두 거절했다. 어렵게 영규에게까지 말을 꺼내긴 했지만 사실 큰 기대는 하지 않았다. 그래도 막상 영규 입으로 같은 말을 들으니 기운이 쭉 빠졌다.

"맞아. 그래서 어렵더라고. 말씀드려 봐줘서 고마워."

"야! 뭐 그리 싱겁냐? 간절하다면 악착같이 매달려야 하는 거 아냐?"

돌아서다 말고 나는 영규를 봤다.

"그 어려운 걸 내가 해냈지. 내 집요함으로 엄마를 설득했다는 거 아니냐."

영규가 장난기 가득한 얼굴로 해맑게 웃었다.

그 순간 가슴이 찌르르 울리며 영규는 내 가슴속으로 훅 들어왔다.

"선우야, 영규가 자기 덕분이라고 생색내지? 사실 그거, 네 덕분이야. 네가 아르바이트하려는 동기가 너무 아름다워서 감동했거든. 세상에 할머니랑 여행하려고 아르바이트하겠다니! 너무 멋지잖아. 그 말 듣는 순간 나는 이미 'OK' 했지만, 영규 녀석의 의리가 어느 정도인지 확인해 보고 싶어서 일부러 뜸을 들였지."

카페 아르바이트를 시작한 첫날, 아줌마가 영규처럼 해맑게 웃으며 말했다.

아줌마는 내가 영규랑 절친쯤 되는 줄 아신 모양이었다. 아르바이트를 부탁하기 위해 처음으로 용기 내어 영규에게 말을 건 건데. 물론 그 후로 우리는 절친이 되긴 했다.

아줌마 덕분에 경비를 다 모았지만, 계획했던 기념 여행은 가지 못했다. 할머니가 희수를 다 채우지 못하고 돌아가셨기 때문이다. 그때 알았다. 무슨 일이든 기회가 될 때 해야 한다는 걸. 알맞은 때를 기다리다간 영영 할 수 없게 되기도 한다는 걸.

"아르바이트해 본 적 없니?"

아저씨가 다시 물었다.

"아뇨. 해봤어요."

나는 생각을 털어내며 대답했다.

"잘됐다. 방학 동안 나랑 아르바이트나 하자. 어차피 공부도 안 될 거잖아?"

아저씨는 말하면서 내 눈을 빤히 봤다.

질문인지 아닌지 모호했다. 공부가 안될 테니 가자는 것인지, 공부하겠다면 데려가지 않겠다는 것인지. 질문이 정확히 이해되지 않은 탓에 대답하기 애매해서 나는 우두커니 서 있었다.

더이상 말이 없자 아저씨는 몸을 돌려 안방으로 향했다.

'갑자기 무슨 아르바이트를 하자는 걸까? 그것도 나랑 같이…….'

뉴스에 나왔던 수많은 기사가 떠올랐다.

자식을 학대하고 결국 죽음으로 내몬 계모와 계부 이야기. 그들 대부분은 한쪽이 친모 혹은 친부였다. 그런 그들도 계모나 계부의 학대에 맞서지 못하고 친자식을 죽음으로 내몰았다.

아저씨와 함께한 1년, 특별히 학대라고 할 만한 일은 없었다. 아예 내 일에 관심을 두지 않았으니까. 그런데 엄마가 떠나고 없는 지금, 갑자기 보이는 관심이라니. 왜 하필 지금일까? 의아했다. 아마도 나에 대한 관심은 아닐 것이다. 하지만 그게 관심이든 다른 무엇이든 상관없다. 내겐 다 무의미하니까.

04 낯선 아르바이트

알람이 울렸다.

출발 시간에 맞춰 놓은 핸드폰 알람이다.

책상 위에 미리 챙겨뒀던 모자를 쓰고 집을 나섰다.

“늦지 마라. 팀으로 움직인다.”

어젯밤 아저씨는 장소와 시간을 알려준 뒤 툭 던지듯 말했다.

아무렇지 않게 툭 던진 말 같은데도 그 말은 돌덩이처럼 무겁게 가슴에 얹혔다.

“골목 끝에 있는 마을버스 차고지 알지? 차고지 오른쪽으로 난 길을 따라 조금 더 올라가면 건물이 한 채 있을 거야. 그리로 와.”

아저씨 말을 떠올리며 골목을 올라갔다.

아저씨는 청소하는 일이라며 편한 옷을 입고 오라고 덧붙였다.

'직업이 환경미화원인 걸까?'

그제야 아저씨 몸에서 자주 났던 이상한 냄새들이 이해되었다.

핸드폰을 열고 요일을 봤다. 화요일, 오늘은 쓰레기 배출하는 날이 아니다. 그리고 지금은 아침이다. 배출 쓰레기는 저녁에 치워간다. 게다가 그 일에 아르바이트생을 채용하진 않을 것이다.

'모르겠다. 가보면 알겠지.'

나는 어수선한 생각을 털어내며 터덜터덜 길을 따라 올라갔다.

공원을 지나자 마을버스 차고지가 나왔다. 차고지에는 마을버스 몇 대가 서 있고 한 대가 막 출발하려고 준비 중이었다.

아저씨 말대로 차고지 오른쪽으로 뻗은 길로 향했다.

길모퉁이를 돌자 길 끝에 활짝 열린 초록색 철문 너머로 회색 건물이 보였다. 2층으로 된 건물은 아무런 장식도 없는 데다 낡아서 폐건물처럼 보였다.

가까이 다가가자 철문 기둥에 붙은 '새마음 특수청소업체'라는 작은 간판이 보였다. 최근에 붙였는지 글씨가 아주 새뜻했다.

'특수청소업체?'

생경한 용어에 나는 습관적으로 주머니에서 핸드폰을 꺼냈다. 인터넷을 열고 검색창에 '특수청소업체'를 써넣었다.

정보들이 좌르르 떴다. 그중 하나를 클릭했다.

특수청소업체란, 쓰레기로 가득 찬 집 안을 청소하거나 이사 후에 남겨진 폐기물 처리, 화재 및 범죄 현장 청소, 악취 제거, 고인의 유품을 정리 및 배송, 그리고 사람이 사망한 현장(대개 집 안이나 차 안)을 정리·처리·폐기·소독하는 일을 담당하는 업체다.

내용 중에 '고인의 유품을 정리'란 글이 눈에 쏙 들어왔다.

"내가 가서 정리하면 좋은데 그게 여의찮네. 당장 네가 쓸 물건들 가방에 담고, 할머니 물건 중에 갖고 싶은 거 몇 가지 챙겨. 나머지는 엄마가 알아서 할게. 정리업체에 맡기면 다 알아서 해 주거든."

엄마와 함께 살기로 마음먹고 전화했을 때 엄마가 한 말이었다.

'정리업체'란 말과 '아저씨'의 얼굴이 오버랩 됐다. 엄마가 말한 정리업체가 바로 여기였구나 싶으면서 이상하게 소름이 돋았다. 엄마도 아저씨도 그 사실을 말해주지 않았다. 굳이 나에게 말해줄 필요를 못 느낀 걸까? 그 정도로 두 분에게 나는 아무것도 아니었단 뜻일 거다. 이미 알고 있었지만 새삼 그걸 확인하는 순간의 기분은 정말 별로다.

활짝 열어젖힌 철문 안으로 들어섰다.

넓은 시멘트 마당 끝에 커다란 감나무가 서 있고 그 아래에는 널찍한 평상이 놓여 있었다. 그 뒤로 갖가지 운동기구들이 보였다.

마당 가장자리 햇볕이 잘 드는 곳에는 작은 텃밭이 있었다. 대가 제법 올라온 상추들 사이로 고추 몇 그루가 보였다.

아저씨가 매일이다시피 비닐봉지에 들고 왔던 상추가 떠올랐다. 상추를 왜 그렇게 자주 사 오나 했더니 출처가 바로 여기였던 거다.

주차장에는 탑차, 트럭, 자동차 등 다양한 차들이 주차되어 있었는데 탑차랑 트럭에도 '새마음 특수청소업체'라는 글귀가 적혀 있었다.

"약속 시간 잘 지키는 것 좀 보소. 오래간만에 참한 아르바이드생이 들어왔구먼!"

웃음 섞인 괄괄한 목소리에 고개를 돌렸다.

낡은 건물 출입문으로 수염이 덥수룩한 털보 아저씨가 나오며 나를 향해 알은체했다. 덩치가 좋았다. 그 뒤로 아저씨와 탄탄한 체구의 파마머리 청년이 나왔다.

나는 그들을 향해 꾸벅 인사했다.

"반갑다 신참! 그런데 작업도 하기 전에 지친 얼굴이네. 그래서야 일이나 제대로 하겠냐?"

파마머리 남자가 빨대로 테이크아웃용 커피를 쪽쪽 빨아 마시며 말했다.

그 바람에 나도 모르게 아저씨에게로 눈이 갔다. 아저씨도 나를 봤다. 눈이 마주치자 나는 얼른 고개를 돌렸다.

"히히, 농담이야. 처음엔 힘들겠지만 익숙해지면서 괜찮아. 나도 그랬거든. 잘해보자. 난 최기호, 기호 형이라고 불러."

청년이 내 등을 톡톡 두드리며 웃었다.

형이라고 부르기엔 나와 나이 차가 상당해 보였다.

처음 보는 나를 향해 저렇게 밝고 환하게 웃어 줄 수 있는 사람. 문득 선아가 떠올랐다. 저 사람도 선아처럼 부모의 보호 아래 사랑 듬뿍 받으며 햇살 속에 자란 사람일 거란 생각이 들었다.

딱히 대답할 말이 떠오르지 않았다. 그렇다고 마주 웃기도 이상해서 다시 한번 꾸벅 인사만 했다. 하지만 그는 기분 나쁜 티도 내지 않고 여전히 밝은 얼굴이었다.

"익숙해질 때까지 버틸 수나 있으려나. 우리 일이 그리 호락호락한 게 아니라서 말이지."

털보 아저씨가 씩 웃으며 나와 아저씨를 번갈아 봤다.

"바로 출발하죠."

아저씨가 무표정한 얼굴로 말했다.

"OK~"

"넵!"

털보 아저씨와 기호 형이 시원한 목소리로 답하고는 트럭에 올랐다.

"넌 내 옆자리에 타라."

아저씨가 내게 말하며 탑차 운전석에 올라탔다. 나는 천천히 옆자리에 올라앉았다.

탑차는 마을버스가 다니는 길을 따라 미끄러지듯 내려갔다.

큰길 건너 우뚝 솟은 아파트들이 눈에 들어왔다. 높고 반짝이는 아파트가 눈부셨다.

최근에 지어진 아파트로 학세권이라며 사람들이 밀려든다고 했다. 곧 우리가 사는 이쪽도 재개발될지 모른다고 선아가 어른들에게 들은 말을 옮겨주었었다.

언덕길을 내려와 넓은 도로를 달려 드디어 좁은 도로로 꺾었다. 빌라들이 밀집한 지역이었다. 내비게이션의 인내를 따라 들어가자 제법 넓은 주차장이 나왔다.

우리가 내리자마자 뒤따라온 털보 아저씨의 트럭이 탑차 옆으로 주차했다.

"와, 오늘 운 좋은데요. 이런 주차 공간도 있고."

트럭에서 내린 기호 형이 기지개를 켜며 말했다.

주차 공간이 있다는 이유로 저렇게 좋아하다니. 아무래도 주차 공간 확보하기가 여간 어렵지 않은 모양이었다.

"청소하러 오신 분들이죠? 여기예요."

아줌마 한 분이 빌라 옥상에서 내려다보며 손을 흔들었다.

아저씨와 털보 아저씨, 기호 형이 동시에 고개를 숙이며 인사했다.

"그럼 장비를 착용해 보실까."

형이 푸른색이 도는 우주복 같은 걸 내밀었다.

"입어. 방호복이야. 안전이 우선이니까 더워도 제대로 착용해야 해."

형을 따라 방호복을 입고 마스크랑 장갑을 착용했다.

기분이 이상했다. 마치 세균 방역 작업을 나온 정부 요원이 된 기분이었다.

옥상으로 올라가니 계단에서부터 쌓인 물건들이 보였다.

옥상 마당 여기저기 널린 쓰레기 너머로 화분들이 줄지어 놓였는데 잡풀만 무성했다.

"말씀하신 대로 가전제품이랑 가구 제외하곤 모두 빼겠습니다."

아저씨가 아줌마에게 확인하듯 말했다.

"네, 그렇게 해주세요. 밀린 세금 때문에 저는 은행에 좀 다녀오려고요. 잘 부탁드릴게요."

아줌마는 인사를 하고 계단을 내려갔다.

기호 형을 따라 나도 현관 안으로 들어갔다. 퀴퀴한 냄새가 밀려왔다.

형 옆으로 고개를 빼고 안을 봤다. 입구에서부터 쓰레기가 산처럼 쌓여 있었다.

플라스틱 대야에서부터 크고 작은 반찬통, 일회용 그릇, 페트병, 접시… 온갖 것들이 뒤엉켜 있었다.

'이런 집에서 사람이 살았다고?'

믿어지지 않는 풍경이었다.

좀 전에 본 아줌마 모습이 떠올랐다.

쓰레기로 발 디딜 틈조차 없는 집에서 어떻게 먹고 자고 살았을까? 방이 이런데도 꾸미고 화장할 마음이 생길까? 얼마나 게으르면 집이 이 지경이 될 수 있을까?

온갖 생각들이 머릿속을 휘저었다.

"일단 자료 사진부터 찍자!"

형이 핸드폰을 꺼내 입구에서부터 사진을 찍더니 쓰레기 더미를 헤치고 들어가 구석구석 찍었다. 이런 일에 익숙한지 놀라거나 당황한 기색이 전혀 없었다.

"우리가 길을 터면서 갈 테니 둘이서 정리하면서 따라 들어와."

형이 사진 찍기를 끝내자 털보 아저씨가 말했다.

아저씨와 털보 아저씨는 마대자루와 비닐봉지를 들고 길을 트면서 거실 쪽으로 들어갔다.

"일단 재활용품 먼저 골라 담아. 그래야 폐기물량을 줄일 수 있거든. 오염이 심한 건 재활용 안 돼. 아, 재활용품 구분할 줄 아나?"

형이 말하다 말고 눈을 슴벅이며 나를 봤다.

할머니랑 살 때 쓰레기 분리는 내 담당이었다.

"오호 그렇군! 하긴 금수저면 한창 공부할 시기에 이런 알바를 나왔겠냐."

내가 고개를 끄덕이자 형이 말하며 웃었다. 마스크를 썼는데도 웃는 모습이 그대로 느껴졌다. 형은 능숙하게 재활용되는 것들을 골라 커다란 비닐봉지에 담고 나머지는 폐기물 자루에 쓸어 담았다. 형을 따라 나도 재활용품을 골라내고 폐기물 쓰레기들을 자루에 쓸어 담았다. 납작하게 깔린 종이상자를 들어 올렸을 때였다. 꼬리꼬리한 냄새와 함께 시커먼 것들이 와르르 몰려나왔다.

"으악!"

나는 비명을 지르며 입구 쪽으로 달아났다.

"아이고, 신참 좀 봐라. 바퀴벌레 보고 삼십육계 줄행랑이네."

형이 키득대며 달려와 바퀴벌레약을 분사했다.

하지만 나는 몸을 옹송그린 채 옴짝달싹할 수 없었다. 태어나서 이렇게 많은 벌레는 처음이었다. 마치 영화의 이집트 피라미드 속에서 출몰하는 벌레 떼의 한 장면 같았다.

몸이 가렵다 못해 속까지 간질거렸다.

"뭐 해? 현관문 닫고 빨리 와서 죽여! 다른 집으로 옮겨가면 안 돼!"

형은 약을 뿌리면서도 빛의 속도로 바퀴벌레를 밟아댔다. 바퀴벌레가 형의 발아래서 우두둑거렸다. 속이 매슥거렸다.

"허허, 잔뜩 쫄았구먼. 너 처음 왔을 때 모습을 보는 거 같은걸."

좀 떨어진 곳에서 털보 아저씨가 말했다.

"에이, 저 정도는 아니었죠."

"이런 일에 바퀴벌레는 단골손님이야. 묵은 물건이 많을수록 바퀴벌레도 많아. 청소하는 동안 계속 툭툭 튀어나올 거야."

털보 아저씨도 바퀴벌레가 나왔는지 갑자기 약을 뿌리고 밟으며 부산스러웠다.

"으우, 질긴 생명력! 바퀴벌레는 도무지 익숙해지질 않는다니까."

형은 벽을 기어가는 바퀴벌레를 폐지로 때려잡으며 말했다.

한동안 부산스럽던 형과 털보 아저씨는 아무 일도 없었던 것처럼 다시 일을 시작했다.

두 사람은 아주 능숙했다. 두 손이 기계처럼 자동으로 움직였다. 다 채운 자루는 바로바로 현관 밖으로 빼냈다.

쓰레기의 양은 어마어마했다. 비닐봉지에 담고, 담고 또 담아도 줄어들지 않는 거 같았다.

허리를 구부리고 일하자니 허리가 끊어질 듯 아팠고 땀은 줄줄 흘렀다. 먹은 게 없어서 나는 식은땀인가 싶기도 했다.

'내가 왜 이런 일을 하고 있지?'

불쑥 이런 생각이 들면서 짜증이 밀려왔다.

"힘들지? 처음이라 더 그럴 거야. 짬짬이 허리 운동하고 그래."

형 말에 아저씨가 내 쪽을 돌아봤다.

"좀 쉬었다 하자."

아저씨가 꽉 채운 자루 두 개를 양쪽 어깨에 메고 나가며 말했다.

털보 아저씨랑 형이 기다렸다는 듯 뒤따라 나갔다.

나도 다 채운 자루를 묶어서 들고 나갔다.

방호복이며 장비를 벗는 것만으로도 천국에 온 듯 시원했다.

"아우, 살 거 같다."

형이 옥상 수돗물을 콸콸 털어놓고 푸푸 씻으며 소리쳤다.

"신참, 너도 땀 좀 씻어."

형이 수도꼭지에 달린 호스를 내 쪽으로 돌렸다.

얼굴과 목만 씻어도 온몸에 서늘한 기운이 퍼지는 듯했다.

아저씨가 아이스박스에서 이온 음료를 꺼내주었다. 마시자 갈증이 가시면서 숨통이 트였다.

"신참, 바퀴벌레 처음 보냐?"

내가 고개를 끄덕이자 형도 털보 아저씨도 웃었다.

"앞으로 지겹게 보게 될 거다."

"글쎄, 그건 두고 봐야겠지? 열 명 중에 여덟 명이 한두 달 안에 그만두니까. 하루 만에 연락 두절인 사람도 많고."

"아저씨, 자꾸 왜 그러세요? 신참 겁먹잖아요. 한 명이라도 더 있어야 우리가 덜 힘들죠."

기호 형이 털보 아저씨를 향해 눈을 흘겼다.

"아니, 나도 신참이 잘 견디길 바라지만 사실이 그런 걸 어떡하냐."

"끈기도 끈기지만 태생적으로 안 맞는 사람도 있더라고. 벌레나 냄새에 극도로 민감한 사람들은 시간이 지나도 익숙해지지 않는 모양이니까."

아저씨가 음료수 뚜껑을 닫으며 말했다.

"그렇긴 해요. 그래도 간절한 사람은 끝까지 견디며 살아남죠. 저처럼 말이죠! 죽을 거같이 힘들어도 하면 또 하게 되더라고요."

기호 형이 어깨를 쫙 펴며 웃었다.

털보 아저씨가 인정한다는 듯 형을 향해 엄지를 치켰다.

그때 은행 다녀오겠다던 아줌마가 계단을 올라왔다.

"고생 많으시지요. 날씨가 더워서 더 힘드시겠어요. 이거라도 시원하게 좀 드세요."

아줌마가 까만 비닐봉지를 내밀었다.

"와, 아이스크림이네!"

봉지를 받아 든 형이 아이스크림을 하나씩 나눠주었다.

"쓰레기가 엄청나죠? 좀 치우고 살라며 계속 잔소리하니까 아버지가 저를 못 오게 하시더라고요. 오면 어찌나 역정을 내시는지, 속상해서 한동안 걸음을 안 했네요. 그랬더니 집이 이 지경이 되었더라고요."

"이보다 심한 집도 많아요. 아버님 혼자 사시나요?"

털보 아저씨가 물었다.

"아뇨. 남동생이랑 사는데… 동생도 치우는 걸 포기를 한 거 같아요."

아줌마가 한숨을 내쉬었다.

"몇 해 전에 엄마가 돌아가셨어요. 그때부터 저렇게 물건을 쌓아 놓고 버리질 못하시더라고요. 저야 결혼해서 따로 살고 있으니 그런대로 일상 회복이 쉬웠는데 함께 살던 사람은 빈자리를 껴안고 살자니 더 힘든가 봐요. 그리움이 병이 된 거 같아요."

아줌마 눈이 촉촉해졌다.

뜻밖의 말에 머릿속이 멍해졌다. 그저 게을러서 쓰레기를 쌓아 놓고 사는 사람인 줄 알았다.

"작업 끝나려면 얼마나 걸릴까요? 아버지 모시고 바람이라도 쐬고 와야겠어요."

"바닥 닦아내고 소독작업까지 끝내려면 적어도 4시간은 더 걸릴 거 같습니다. 끝나면 연락드릴게요."

아저씨의 말에 아줌마는 고개를 주억거리며 가방을 챙겼다.

다시 작업이 시작되었다.

'그리움이 병이 된 거 같아요.'

아줌마의 그 말이 가슴속에 들러붙어 마음을 헤집었다.

늘 함께하던 사람이 없는 자리에서 혼자 밥을 먹고, 혼자 잠을 자고, 혼자 눈떠야 하는 그 지옥을 나는 안다. 그리움, 슬픔이 깊어지면 일상의 모든 욕구가 사라진다. 먹고 싶은 욕구도, 뭔가를 하고 싶은 욕구도. 작년 여름, 할머니가 교통사고로 갑자기 돌아가셨을 때 딱 그랬다. 나를 지탱하고 있던 바닥이 모두 꺼져 내린 기분이었다. 아무도 없는 텅 빈 세상에 혼자 남겨진 기분이었다. 일상의 모든 것들이 무의미해졌다.

집주인 할아버지의 마음도 그랬을 것이다. 할머니에 대한 그리움이 깊어서 아무것도 밖으로 내다 버리지 못하고 움켜쥐고만 사셨을 할아버지. 집안 너머 옥상 계단까지 켜켜이 쌓인 쓰레기들은 할머니에 대한 그리움의 무게 같았다. 할아버지는 쓰레기 더미 속에서 살아간 것이 아니라 그렇게 견디고 계셨던 거다.

눈이 쓰라렸다. 땀 때문인지 어룽진 눈물 때문인지 분간이 안 갔다. 밖으로 나가 수돗물에 눈을 씻고 들어왔다.

어느새 쓰레기로 꽉 찼던 집안이 훤해졌다.

냉장고며 싱크대 수납장까지 속을 말끔히 비워내고 구석구석 묵은 때를 벗기자 아침에 본 그 집이 맞나 싶게 완전히 딴 집이 되었다. 막힌 속이 뚫린 듯 내 속이 다 시원했다. 그 많은 쓰레기를 치운 사람의 손이 정말 위대하게도 느껴졌다.

"와우! 깨끗해, 깨끗해!"

형이 환해진 방을 향해 소리쳤다.

"이 맛에 이 일을 하는 거지. 우리의 수고로움으로 누군가의 삶이 밝아지느니!"

형 얼굴과 목소리에서 기쁨이 마구 넘실거렸다. 그런 마음으로 일하는 형이 멋져 보였다.

형은 청소가 끝난 집 안 구석구석을 핸드폰 카메라로 찍었다.

아저씨가 소독기를 들고 들어오며 우리에게 나가라는 손짓을 했다.

"드디어 마지막 소독·탈취 작업이다! 우린 어서 탈출하자."

형에게 떠밀려 밖으로 나왔다.

아저씨가 실내 소독을 하는 사이 우리는 사다리차를 이용해 옥상에 가득한 폐기물 자루들을 화물차로 옮겼다.

옥상 마당 청소까지 끝내고서야 내내 끼고 있던 장갑을 벗었다. 땀에 손이 퉁퉁 불어 있었다. 몸도 천근만근이었다. 하지만 마음은 한결 가벼웠다.

깨끗하게 정리된 집에서 할아버지의 마음도 조금은 가벼워졌으면 싶었다.

"신참, 내일 되면 죽을 맛일 거다. 기운 내. 그래도 다 살게 되느니."

형이 털보 아저씨의 차에 오르며 소리쳤다.

05
할머니의 라디오

누군가 어깨를 내리누르는 거 같았다.

등, 팔, 허벅지, 종아리… 온몸이 쑤시고 결리고 뻐근했다. 마치 몸 부분 부분이 아우성치며 비명을 질러대는 거 같았다.

똑똑,

노크 소리와 함께 방문이 조용히 열렸다. 아저씨였다.

'설마 지금 알바 나가자는 건 아니겠지?'

나도 모르게 입술이 악다물어졌다.

인사를 하며 몸을 일으키는데 신음이 터져 나왔다.

"괜찮으냐?"

아저씨의 목소리는 언제나처럼 무덤덤했다.

와락 짜증이 올라왔다. 경험자 아닌가. 안 괜찮을 거란 걸 알면서 묻는 게 더 기분 나빴다.

"힘들더라도 누워있는 거보단 움직이는 게 나아. 그래야 빨리 풀리니까. 한 사흘 쉬고 다시 나가자."

아저씨는 문을 닫다 말고 다시 열었다.

"찌개 끓여놨으니 데워먹어라. 굶지 말고."

아저씨 말에서 온기도 냉기도 느껴지지 않았다.

하지만 '한 사흘 쉬고'란 말에 안도감이 밀려왔다. 당장 나가자고 했다면 나는 목줄 잡힌 강아지처럼 따라나섰을 것이다. 그런 내가 싫어서 또 내내 짜증스러웠을 것이다.

현관문 닫히는 소리를 들으며 나는 다시 침대에 누웠다.

'왜 나한테 그런 일을 시키는 걸까? 어른들도 하루 만에 연락을 끊을 만큼 힘들다는 일을.'

다시금 의구심이 일었다.

의구심은 이내 엄마의 부재와 연결되었다. 엄마의 부재는 내가 아저씨에게 억지로 떠맡겨진 짐이란 생각으로 이어졌다. 순간 머릿속이 환해지며 '불청객!'이란 낱말이 떠올랐다.

그렇다, 열일곱 살의 나는 그분 인생의 불청객일 것이다. 어느 날 갑자기 끼어들어 아저씨의 평온한 일상을 흔들며 미래를 위협하는 골칫거리, 치워버리고 싶은 장애물일 것이다.

'이런 식으로 괴롭혀서 스스로 집을 나가게 하려는 걸까?'

아저씨 입으로 나가라고 말하지 않아도 되는, 가장 편한 방법일

터다.

가슴이 욱신거리며 아파 왔다. 1년 전 그때처럼, 이 세상에서 오직 내 편인 할머니가 돌아가신 그날처럼, 나는 다시 세상 밖으로 떠밀리고 있다.

눈을 감고 누운 채 머리맡으로 손을 뻗었다. 어깨랑 팔에 통증이 밀려왔다.

침대를 더듬어 라디오를 찾았다. 이어폰을 귀에 꽂고 라디오 전원 버튼을 눌렀다.

'어?'

딸깍 소리를 내며 켜져야 하는데 꼼짝하지 않았다. 거푸 눌렀지만 소용없었다.

"왜 이러지?"

벌떡 일어나다 입술을 앙다물었다. 온몸이 아우성을 쳤다.

라디오 버튼을 자세히 봤다. 그제 저녁까지도 잘 되던 버튼이 아무리 눌러도 꿈쩍도 하지 않았다. 고장 났다고 생각하니 머릿속이 아득해 왔다.

라디오를 붙잡고 이리저리 살폈지만, 도무지 알 길이 없다.

'고쳐야 하는데…….'

그 순간 학교 가는 길에 본 '만물 수리점'이란 간판이 떠올랐다.

요즘 세상에도 저런 게 있구나 싶어 신기했었다.

일단 가보자 싶어 침대에서 일어났다. 하지만 쓰러지듯 다시 누웠다.

몸이 물을 가득 머금은 스펀지처럼 무거워서 도저히 움직일 자신이 없었다.

조금만 더 누워있어야겠다 싶었는데 눈꺼풀이 무거워 왔다. 몸이 침대 속으로 꺼질 듯 아래로, 아래로 내려앉는 느낌이었다.

눈을 떴을 때는 오후 2시가 넘어가고 있었다.

목도 마르고 배도 고팠다. 고장 난 로봇처럼 삐걱대며 부엌으로 향했다. 어제 아르바이트 끝나고 빌라 계단을 올라올 때보다 더 힘들었다. 몸이 인식하는 통증은 한 박자 느린 건지도 모르겠다.

"찌개 끓여놨으니 데워먹어라. 굶지 말고."

아저씨 말이 떠올랐다.

밥 생각은 전혀 없는데 배가 너무 고파 견딜 수가 없었다.

데우려니 귀찮아서 국그릇에 밥을 푸고 김치찌개를 두어 국자 떠서 비볐다.

조심스레 한 순갈 입에 넣었다. 이상했다. 그동안 체한 듯 속이 더부룩해서 밥 대신 물이나 음료수만 먹었다. 그런데 어쩐 일인지 오늘은 밥이 넘어갔다.

우물우물 먹고 있자니 엄마랑 함께 식사하던 때가 떠올랐다.

엄마가 집에 있는 동안은 그래도 예전에 내가 동경하던 가족 풍경과 닮아있긴 했었다. 저녁이면 온 가족이 모여 앉아 도란도란 얘기를 나누며 함께 저녁을 먹는 모습 말이다. 하지만 그토록 그리던 풍경이지만 막상은 편치 않았다. 이방인 같은 느낌이랄까. 선아나 아저씨가 나를 이방인으로 내몬 건 아니었다. 머릿속으로 그렸던 풍경과 현실의 불일치가 나를 물 위에 뜬 기름처럼 겉돌게 했는지도 모른다.

내가 상상하며 그렸던 식탁 풍경의 중심은 늘 엄마였다. 밥숟가락 위에 반찬을 올려주고 부드럽고 상냥한 목소리로 가족을 챙기며 식탁을 따뜻하게 이끄는 엄마. 하지만 현실의 밥상에서 이야기를 끌고 가는 쪽은 엄마가 아니라 선아였다. 선아가 조잘조잘 떠들면 엄마도 아저씨도 그저 고개를 끄덕이며 장단을 맞추었다. 하지만 나는 그마저도 할 수 없었다.

갑자기 가족이라고 묶인 낯선 사람들과의 식사는 밥을 먹는 게 아니라 삼키는 기분이었다. 그 때문에 함께 있는 시간보다 내 방에서 혼자 있는 시간이 편하고 좋았다. 그때만큼은 예전 할머니와 함께 살 때의 평화로운 시절로 돌아간 느낌이었다.

그런데 엄마가 입원하고야 그나마도 엄마랑 함께하던 자리가 편했음을 깨달았다. 재잘대며 분위기를 띄우던 선아가 말이 없어졌고, 말이 없으니 함께하는 식사 시간은 바닷속처럼 어둡고 무겁게 가라앉았다. 그러면서 차츰 함께 먹는 자리도 줄었다.

그 생각을 하자니 조금 전까지 넘어가던 밥알이 목구멍에서 뻣뻣하게 일어났다.

억지로라도 삼켜야 할 거 같아 부러 할머니와 함께 밥을 먹던 일요일을 떠올렸다.

일요일은 할머니가 유일하게 쉬는 날이었고, 그날은 세끼를 모두 할머니와 함께 먹어서 좋았다. 우리는 이야기하며 천천히, 즐겁게 먹었다.

오후엔 할머니와 나란히 뒷산이나 동네 공원을 걸었다. 그 시간은 주일 행사 같은 것이었고, 내게 아주 특별한 날이었다. 그런데 그 시간은 즐거우면서도 조금은 슬펐다. 아이들 대부분은 엄마·아빠와 애완견을 데리고 와서 놀거나 함께 공놀이를 했다. 할머니는 내게 엄마이고 아빠였지만 그때만큼은 나도 엄마·아빠가 있었으면 좋겠다는 생각이 들었다.

"선우야, 저 아이들이 부럽니?"

한번은 할머니가 이렇게 물은 적이 있다.

할머니도 내 눈길을 쫓아 부모와 놀고 있는 아이들에 멎어 있었다.

나는 할머니가 마음 아플까 봐 웃으며 고개를 저었다. 그때 할머니가 내 등을 소리 나게 짝 때렸다.

"솔직하게 말하지 않은 벌이야."

화들짝 놀란 나를 향해 할머니가 웃으며 말했다.

"나도 부러운데 네가 안 부럽다고? 거짓말하면 못쓴다. 부러운데도 안 부럽다고 하면 부러운 마음이 속으로 고이고 고여서 한이 되고 병이 되는 거야. 하지만 부럽다고 솔직하게 말하면 그냥 부러움이 되어서 가볍게 흘러가지. 그래서 솔직한 게 좋은 거야. 그 대신 없는 사람을 부러워하느라 눈앞에 있는 사람에게 소홀하면 안 돼. 지금 내 앞에, 나와 함께 있는 사람 말이야. 왜냐하면 그 순간만큼은 이 세상에서 제일 중요한 사람이 바로 나와 마주하고 있는 사람이거든. 그렇게 살면 나중에도 후회가 없지. 바로 나처럼 말이야."

할머니가 손바닥으로 가슴을 톡톡 두드리며 웃었다. 언제나처럼 밝고 환한 웃음이었다.

그때는 이해할 수 없었지만, 지금은 할머니의 그 말이 무슨 뜻인지 안다. 그렇게 살았기 때문에 할머니는 늘 밝게 웃을 수 있었을 거란 생각도 든다.

시간이 지날수록 할머니와 보낸 그 시간은 정말 특별한 순간이었다고 느껴진다. 다시는 돌아갈 수 없는 시간, 그래서 더없이 행복했다고 느껴지는 시절. 왜 모든 것은 지나간 뒤에야 깨닫게 되는 걸까? 엄마랑도 그랬다. 11년을 없는 사람처럼 살다가 갑자기 함께 살게 된 엄마는 낯설고 불편했다. 하지만 앞으로 계속 같이 살 수 있을 줄 알았다. 그래서 아직 마음이 안 간다는 이유로 서먹하게 굴었다. 할머니 말대로 눈앞에 있는 사람에게 최선을 다하지 않아서 지금 후회가 남는 모양이다.

속이 메스꺼웠다. 더 먹으면 토할 거 같았다. 하는 수 없이 남은 음식을 음식물 쓰레기통에 넣었다. 그릇을 씻어 건조대에 엎어 놓고 라디오를 챙겼다.

현관으로 향하는데 물꽂이 식물이 떠올랐다. 뿌리가 나왔는지 궁금했다.

구부정하게 서서 베란다의 유리병을 봤다. 물속에 잠긴 줄기 끝에 혹처럼 우툴두툴한 것이 돋아 있었다.

'저게 뿌리인 걸까? 그랬으면 좋겠다.'

어디선가 읽은 식물 실험 얘기가 떠올랐다.

어느 축구팀에서 고구마를 가지고 실험했다고 한다.

기숙사 식당 입구 양쪽에 고구마 화분 두 개를 놓고 선수들이 들고날 때마다 한쪽 고구마에는"사랑스러운 고구마야, 넌 참 예쁘구나."라는 말을, 다른 한쪽 고구마에는"못생긴 고구마야, 넌 안 돼!"라는 말을 두 달간 반복해서 들려주었단다. 그랬더니 똑같은 환경에서 자랐는데도 좋은 말을 듣고 자란 고구마가 나쁜 말을 듣고 자란 고구마보다 훨씬 더 줄기도 이파리도 무성하게 잘 자랐다고 했다. 긍정의 말이 가진 효과는 이렇듯 식물에도 커다란 영향을 준단다.

'실험으로 증명된 거니까 분명 효과가 있을 거야.'

나는 베란다로 나가 물꽂이 식물에 눈을 모았다.

"물꽂이 식물아, 넌 강해. 꼭 뿌리를 내리게 될 거야."

가슴 저 아래서 따뜻한 기운이 밀려왔다.

그 때문일까? 빌라를 나서는 데 힘이 났다.

'만물 수리점'이란 간판이 붙은 수리점은 번듯한 점포는 아니었다. 건물 한쪽에 붙은 작은 창고를 수리점으로 쓰고 있었다.

수리점 앞에는 파란색의 커다란 파라솔 아래 손님을 위한 의자

하나가 놓여 있었다.

할아버지는 2인용 소파에 앉아 시계를 수리하는 중이었다. 앞에 놓인 탁자에는 시계에서 나온 부품이랑 크고 작은 드라이버들이 널려 있고, 옆에 세워둔 작은 라디오에서는 옛날 노래가 나지막하게 흘러나왔다.

문 입구에 세워둔 키 큰 선풍기가 삐거덕거리며 목을 좌우로 돌렸다. 목을 내 쪽으로 할 때는 냉장고 문을 연 것처럼 시원한 바람이 불어왔다. 낡아도 성능은 좋았다.

할아버지가 시계에 집중하고 있어서 말 붙이기가 좀 그랬다. 몸이 천근만근이라 계속 서 있기도 힘들었다.

"손님이신가?"

앉을까 말까 고민하며 의자를 보고 있는데 할아버지가 물었다.

할아버지는 허리가 아픈지 몸을 바로 세우고 목을 뒤로 젖히는 중이었다.

얼굴에 쓴 안경은 정밀작업용 특수 안경인지 망원렌즈 같은 게 붙어 있었다.

"네, 수리하고 싶은 게 있어서요."

"안 바쁘면 거기 앉아서 잠깐만 기다려 주게. 손보던 것만 마저 마무리하게."

할아버지가 턱짓으로 파라솔 아래 있는 의자를 가리켰다.

말투가 부드럽고 느긋해서 듣기 좋았다. 게다가 '기다려 주게' 하니 마치 어른 대접을 받는 기분이었다.

의자에 앉으려니 허벅지에서 통증이 밀려왔다. 터져 나오려는 신음을 입술로 누르며 앉아 점포 안을 살폈다.

벽 한쪽에 놓인 조립식 앵글에는 냄비, 밥솥, 벽시계, 카세트 플레이어, 라디오 같은 것들이 종류별로 구분되어 칸칸이 놓였고, 그 옆으로 여러 대의 선풍기들이 올망졸망 서 있었다. 앵글 왼쪽에 놓인 두 개의 양동이에는 고장 난 우산들이 빼곡히 꽂혀 있었다.

좁지만 공간을 효율적으로 잘 활용하고 있었다.

'저게 다 손님이 맡긴 물건들일까?'

나는 속으로 고개를 저었다. 요즘에도 저런 걸 고쳐 쓰는 사람이 있을까 싶었다.

할아버지에게로 눈길을 옮겼다.

온통 하얀 머리의 할아버지는 마르고 덩치도 작았다. 그런데도 다부진 기운이 느껴졌다. 쉼 없이 움직이는 손가락은 신중하면서도 날렵했다. 그 모습에서 단단한 내공이 느껴졌다.

"그래, 뭘 고치시려나?"

할아버지가 특수 안경을 벗으며 물었다.

안경을 벗으니 웃음 머금은 선한 눈이 그대로 드러났다.

"전원 버튼이 작동을 안 해요."

나는 라디오를 내밀었다.

라디오를 받아 든 할아버지는 나랑 물건을 번갈아 봤다. 의외라는 눈빛이 담겨 있었다.

"꽤나 오래된 물건이네. 이걸 뭐하게 고치시려나? 지금은 핸드폰으로 음악도 듣고 라디오도 듣고, 만능이잖은가."

할아버지가 물었다. 눈이 내 손에 들린 핸드폰에 멎어 있었다.

수리점 주인이 그렇게 물으니 당혹스러우면서도 어이없었다. 수리할 생각이 있는 건지 없는 건지.

"저한테는 소중한 거라서요. 할머니가 쓰시던……."

'할머니'를 입 밖으로 소리 내어 불러보는 게 얼마 만인지. 갑자기 콧등이 시큰거리면서 목이 메었다. 이제는 괜찮은 줄 알았는데 아닌 모양이다.

"허허, 내가 학생한테 한 수 배우네. 그렇지, 물건이라는 게 그냥 물건만은 아니지. 한 시절의 소중한 기억이고 추억이고, 때론 그리움이기도 하고… 그래서 못 버리는 거지."

뒷말은 작아져서 중얼거림처럼 들렸다. 그 때문에 나에게 하는 말 같지 않았다. 어쩌면 할아버지 자신에게 하는 게 아닌가 싶었다.

'한 시절의 소중한 기억이고 추억이고, 때론 그리움이기도 하고.'

할아버지의 말을 곱씹었다. 참 좋았다.

게다가 그 말을 할 때 촉촉하고 따뜻한 기운이 느껴졌다. 마치 내 마음을 다독이는 거 같았다.

"이게 성능도 좋고 옛날에는 아주 인기 있는 제품이었지. 뭐가 문제인지는 속을 열어봐야겠구먼."

할아버지가 라디오를 이리저리 살피며 말했다.

"네, 엊그제까지도 잘 됐는데 오늘 갑자기 안 돼요."

할아버지가 고개를 끄덕이며 특수 안경을 집어 들었다.

"어머, 수리점에 이렇게 파릇한 손님이 다 오네요."

등 뒤에서 기운 넘치는 목소리가 들렸다.

그 바람에 할아버지와 나는 동시에 소리 나는 쪽을 봤다.

낯익은 아줌마가 활짝 웃으며 걸어오고 있었다. 웃음이 너무 밝고 환해서 보는 사람까지 기분 좋아지게 하는 사람, 해바라기 아줌마였다.

'아, 왜 하필 여기서 또.'

하마터면 얼굴을 찡그릴 뻔했다.

"학생, 반가워! 이렇게 파릇한 친구가 오니 궁금하네. 뭘 수리하러 왔는지."

아줌마의 경쾌한 목소리에 수리점이 다 들썩이는 거 같았다.

나는 엉거주춤 일어나며 꾸벅 인사를 했다. 발딱 일어나고 싶었지만, 몸이 따라주지 않았다.

선아처럼 아줌마의 끝없는 밝음이 불편하고 부담스러웠다.

"그러게, 참 기특한 친구지? 라디오를 갖고 왔네."

내가 얼른 대답하지 않자 수리점 할아버지가 라디오를 내보이며 말했다.

"오, 낭만적이네요. 학생, 그냥 앉아. 내 자리는 저기야. 고정석이지."

아줌마가 나를 향해 손사래를 치며 할아버지 옆자리에 앉았다.

"그래, 오늘은 어디 다녀오셨는가?"

할아버지가 물었다. 두 사람은 서로 잘 아는 사이 같았다.

"결혼식이요. 요즘은 결혼식도 어찌나 재미있게 하는지. 신랑·신부가 댄스하면서 입장하는 거 보셨어요?"

"라디오에서 듣긴 했지. 우리 때처럼 굳이 딱딱할 필요 있나. 두 사람이 잘 살겠다고 사람들 앞에 약속하는 건데, 즐겁게 하면 좋지."

할아버지의 말에 아줌마는 손뼉을 치며 맞장구를 쳤다.

그런 아줌마를 보고 있자니 선아가 한 말이 떠올랐다.

엄마의 심부름으로 둘이 마트에 다녀오는 길이었다.

"오빠, 저 아줌마 정말 미스터리다."

선아가 우리 앞에 가고 있는 아줌마를 손짓하며 소곤대듯 말했다.

화사한 원피스 차림의 아줌마는 '해바라기 아줌마'였다. 걸음걸이가 씩씩하면서도 춤추는 듯 경쾌해서 뒷모습만 봐도 알 수 있었다.

아줌마가 유난히 밝고 쾌활하고 아무한테나 말을 잘 걸긴 했지만 '미스터리'라고 불릴 만큼 이상한 점은 없어 보였다.

"나도 가끔 마주치지만, 이상한 점은 없던데. 어떤 부분이 미스터리라는 거야?"

내가 호기심을 보이자 선아는 기분이 좋은지 입꼬리가 씩 올라갔다.

"아침에 나갈 때도 있고, 저녁에 나갈 때도 있어. 나가는 시간이

제멋대로야."

'그게 뭐가 이상하지?'

나도 모르게 고개를 갸웃했다.

"이상한 건 매번 옷이 달라진다는 거야."

나는 어이없어서 하마터면 소리 내서 웃을 뻔했다.

중·고등학생들처럼 교복을 입는 것도 아닌데 매번 옷이 달라지는 건 너무나 당연했다. 그걸 가지고 미스터리 어쩌고 하니 괜히 진지하게 관심 기울인 내가 다 민망했다.

"오빠, 잘 생각해 봐. 옷이라는 게, 누구나 자신만의 취향이라는 게 있는 거잖아. 게다가 어른들은 옷 입을 때 직업에 제약을 받잖아. 그래서 옷이 바뀌어도 스타일은 거기서 거기란 말이야. 안 그래?"

선아가 동조를 구하듯 말을 끊고 나를 봤다.

듣고 보니 그건 맞는 말이다. 누구에게나 자신만의 취향이 있다. 나도 그렇다.

어렸을 때는 항상 밝은색의 옷을 입었다. 할머니가 밝은색을 좋아해서 늘 밝은색 옷을 사 주셨기 때문이다. 새 옷이 좋아서 그때는 무조건 좋아하며 입었다. 그런데 초등학생이 되고 학년이 올라가면서 유난히 도드라져 보이는 밝은색이 부담스럽고 불편했다. 밝은색보다는 사람들 눈에 잘 안 띄는 어두운색 옷을 입고 싶었다. 다행히 내 마음을 눈치챈 할머니가 3학년 때부터는 나를 옷 가게로 데려가 함께 골랐다. 그렇지만 온전히 내 맘대로 할 수만은 없어서 아주 어둡지도, 그렇다고 아주 밝지도 않은 중간쯤의 옷들을 입게 되었다. 그러니 선아 말대로 할머니는 할머니의 취향이 있고 나는 내 취향이 있는 셈이다.

"그런데 저 아줌마는 옷이 확확 바뀐단 말이지. 어떨 때는 파출부 나가는 아줌마처럼 입고, 어떤 때는 부잣집 귀부인처럼 입어. 또 어떤 때는 데이트 나가는 아가씨처럼 입기도 하고. 그게 말이 돼? 직업 때문에라도 그렇게 확확 달라지긴 어렵잖아. 정말 미스터리 아줌마라니까."

선아는 눈을 반짝이며 덧붙였었다.

그때는 고개를 끄덕이며 맞장구쳤지만, 그 후 금세 잊어버렸었다. 그런데 지금 생각하니 선아 말대로 아줌마는 확실히 좀 이상한 면이 있긴 했다.

어떤 날은 사극에나 나올법한 올림머리에 한복 차림으로 외출했고, 어떤 날은 20대처럼 긴 머리 웨이브에 짧은 원피스 차림이었다. 또 어떤 날은 밭일 나가는 농부처럼 챙 넓은 모자에 통바지 차림으로 나서기도 했다. 외출 시간도 들쭉날쭉 이었다.

'미스터리 아줌마.'

나는 선아가 한 말을 되뇌며 아줌마를 봤다.

할아버지의 옆자리가 자신의 고정석이라며 친구처럼 편안히 앉아 수다를 떠는 아줌마는 역시 평범한 일반 아줌마와는 거리가 있었다.

그때 아줌마가 나를 봤다. 눈이 마주치자, 생각을 들킨 것처럼 얼굴에 열기가 확 올라왔다.

"저… 나중에 다시 올게요. 언제쯤 오면 될까요?"

나는 엉거주춤 일어섰다.

"한 사흘 후에 와 보시게."

할아버지의 말에 고개를 끄덕인 뒤 두 사람을 향해 꾸벅 인사를 했다.

"학생, 잘 가! 또 보자."

아줌마가 손을 흔들며 말했다.

아줌마와 할아버지는 마저 대화를 이어갔다. 중간중간 섞이는 웃음소리가 경쾌했다.

선아가 수시로 내 방을 찾아오던 때가 떠올랐다.

오랫동안 가슴에 담고 있던 얘기들을 쏟아내듯 선아는 조잘조잘 떠들어댔다. 선아의 그런 수다가 낯설고 생경했지만 처음 얼마간은 괜찮았다. 할머니와 함께 있을 때면 할머니 목소리가 집안을 가득 채워서 좋았던 그때처럼. 나 혼자 있을 때는 너무 조용해서 세상 밖에 혼자 동떨어져 있는 기분이었다. 그러다 저녁에 할머니가 퇴근하면 비로소 나는 세상 속에 녹아드는 것 같았다.

선아도 그랬다. 16년 만에 생긴 낯선 동생이지만 나를 오빠라고 부르며 재잘재잘 온갖 얘기를 떠들어대는 선아 때문에 좋았다. 낯선 집, 낯선 사람들, 낯선 풍경 속에서 낯선 동생의 조잘거림은 나를 다시 세상 속에 녹아드는 기분이게 했다.

그런데 할머니와 함께하는 시간과 선아와 함께하는 시간은 달랐다. 아니 차이가 있었다. 할머니는 일방적으로 말하지 않았다. 말하고 나서 나에게 묻고 기다리며 내 생각을 들어주셨다. 그래서 할머니와의 시간은 배드민턴을 치듯 쌍방이 주고받는 소통과 나눔의 시간이었다. 지금 와서 생각하면 할머니가 아주 노련하게 배분하셨구나, 싶기도 하다.

하지만 선아와의 시간은 폭포수처럼 일방적인 쏟아냄이었다. 나는 폭포 아래서 쏟아지는 폭포수를 고스란히 맞으며 멈출 때까지 기다리는 일이 전부였다. 그 시간이 점점 지치고 불편해졌다.

'어쩌면 선아도 그때 지쳐가고 있었던 게 아닐까?'

아줌마와 할아버지의 경쾌한 웃음소리를 들으며 불쑥 그런 생각이 들었다.

06
두 번째 아르바이트

"신참, 오늘 작업하는 곳이 어떤 곳인지 아냐?"

기호 형이 장비를 챙기다 말고 나를 봤다.

'특수청소업체' 사무실로 가면서 아저씨가 오늘 일할 곳에 대해 말해주었다. 고독사한 어르신의 집을 정리하는 일이라고 했다.

"우리 일은 저번처럼 쓰레기를 청소하는 일도 하지만 고독사나 화재 현장을 정리하기도 해. 냄새도 나고 좀 힘들 거야. 두통이나 구토 증세가 있으면 바로 말하고."

아저씨는 다시 이렇게 덧붙였다.

그 순간 인터넷에서 본 특수청소업체 설명글과 함께 '고인의 유품을 정리 및 배송', '사람이 사망한 현장 정리·처리·소독' 등의 문구가 머릿속을 스쳐 갔다.

잠시 오싹한 느낌이 있었지만, 특별히 거부감 같은 건 없었다. 할머니와 내가 살던 그 집도 누군가에겐 '고인의 유품을 정리하는 곳'이었을 테니까.

형이 여전히 나를 빤히 보고 있기에 나는 대답 대신 고개를 끄덕였다.

"헐, 알면서도 나왔다고?"

형의 휘둥그레진 눈이 아저씨에게로 옮아갔다.

"이런 곳은 보여주면 안 되는 거 아닌가요? 한창 성장 중인 여리여리한 애한테?"

"보기보다 강해. 남 걱정하지 말고 그대나 잘하셔."

아저씨의 대답에는 잠시의 망설임도 없었다.

'보기보다 강해.'

아저씨의 그 말이 가시처럼 가슴에 와 박혔다.

'저 아이는 그런 일을 거푸 겪고도 아무렇지 않게 혼자 잘 살고 있어!'

마치 이렇게 비웃는 거 같았다. 나도 모르게 입술이 앙다물어졌다.

내 눈길을 느꼈는지 장비를 내밀던 아저씨가 나를 봤다. 아저씨의 얼굴은 평소처럼 무뚝뚝했다.

"오, 이 여리여리 속에 강함이 있단 말이죠? 신참, 다시 봐야겠네. 그럼 마음 푹 놓고 오늘도 열정을 불태워 보자고!"

형이 감탄 어린 눈으로 나를 위아래로 훑으며 말했다.

형을 따라 장비를 착용했다. 방호복에 이어 보호안경, 방독면, 보호 덧신까지 착용했다. 색다른 장비에 긴장감이 몰려왔다. 영화나 뉴스에서 본 적이 있었다. 범죄 현장에 출동하던 과학수사대의 모습이 꼭 이랬다.

할아버지가 고독사했다는 집은 빌라들 사이에 있는 작은 단독주택이었다.

대문을 열자 시멘트 마당 가장자리로 감나무, 앵두나무가 서 있었다.

“여기서 좀 기다려. 먼저 들어가서 소독 좀 하게.”

아저씨가 나랑 형에게 말했다.

아저씨와 털보 아저씨가 살균소독 장비를 매고 현관문으로 향했다.

“어우 답답해. 잠깐이라도 벗자.”

형이 보호안경과 방진 마스크를 벗었다. 답답해서 나도 따라 벗었다.

“소독은 왜요?”

“왜겠어. 공기 중에 떠다니는 세균이랑 해충, 냄새 같은 걸 제거해야지. 그래야 우리가 안전하게 작업하지. 외부로 확산되는 것도 막아야 하고.”

그때 현관문 여닫는 소리가 들렸다. 동시에 이상한 냄새가 밀려왔다.

나는 고개를 갸웃거리며 냄새에 정신을 모았다. 멸치액젓 냄새 같기도 하고 상한 김치찜 냄새 같기도 한 이상한 냄새가 소독 약품 냄새와 뒤섞여 났다.

'저게 죽음의 냄새일까?'

냄새나고 힘들 거라며 두통이나 구토 증세가 오면 말하라던 아저씨의 말이 떠올랐다.

갑자기 가슴이 벌렁거리면서 뒷머리가 뻣뻣해 왔다.

고인이 살던 집과 고인이 죽음을 맞이한 곳은 다르다는 생각이 그제야 머릿속을 비집고 올라왔다. 왠지 죽음 당시 고인의 어둡고 무거운 마음들이 집 안 구석구석 스며있을 것만 같았다.

"신참, 지금 쫄았냐?"

기호 형이 나를 툭 치며 웃었다.

마음을 들킨 거 같아 얼굴이 후끈거렸다.

"시작하자!"

털보 아저씨가 현관문을 열고 소리쳤다.

보호안경과 마스크를 착용하고 형 뒤를 따라 들어갔다. 영화에서 본 끔찍한 죽음의 현장들이 떠오르며 가슴이 미친 듯이 쿵쾅거렸다.

하지만 거실로 들어선 순간 머릿속에서 뒤엉키던 영상들이 확 날아갔다. 의외로 집안은 아주 깨끗했다. 역한 냄새만 아니면 누군가 죽음을 맞은 현장이란 사실이 믿기지 않을 정도였다. 벌렁거리던 가슴이 조금씩 가라앉았다.

"어! 안방 쪽은 벌써 정리가 끝났네. 와우, 언제 와서 하셨대요?"

형 말에 나도 안방 쪽을 봤다.

폐기물로 배가 빵빵해진 자루들 뒤로 해체해서 스프링 뼈대만 남은 매트리스가 벽에 비스듬히 세워져 있었다. 벽면 한쪽의 벽지도 다 뜯어낸 상태였다.

"어제. 시간이 좀 나서… 기호는 거실, 선우는 작은 방 맡아라."

아저씨의 말에 나와 형은 각자 위치로 향했다.

"살림은 단출해도 소소히 정리할 게 제법 있겠네. 옷 버릴 때 잘 살펴봐. 혹시 편지 같은 중요한 물건이 들어있을 수도 있으니까."

형이 작은방으로 고개를 디밀고 휘익 둘러보며 말했다.

형 말대로 작은방 살림은 단출했다. 한쪽 벽엔 장식장이 있고 반대편 벽에는 옷이 든 5단 서랍장이 있었다. 서랍장 옆 구석에는 스탠드 옷걸이가 있고, 바닥에는 마사지 기계 몇 개가 널려 있었다. 소독하느라 그랬는지 서랍장의 서랍들은 모두 삐져나와 있었다.

스탠드 옷걸이에 걸린 옷들부터 정리를 시작했다. 얼마나 오래 입었는지 죄다 낡아서 늘어난 옷들이었다. 주머니를 살핀 뒤 그것들을 폐기물 봉투에 차곡차곡 넣었다.

서랍 속에는 라벨이 붙은 채 곱게 접은 옷들이 빼곡히 들어차 있었다. 더러는 얇은 종이 포장 째 그대로였다. 모두 한 번도 입지 않은 새 옷들이었다.

서랍장 다섯 칸 중에 세 칸이 모두 새 옷이었다.

"저기… 새 옷들은 어떡해요?"

거실에서 수납장을 정리 중인 형에게 물었다.

"다 버려."

"한 번도 안 입은 새 옷인데요?"

"아깝지만 어쩔 수 없어. 냄새가 공기를 타고 구석구석 파고들거든. 가구뿐 아니라 가전제품에도 배어들어. 아까워도 모조리 폐기물 처리장이야. 아낌없이 입었으면 좋았을 텐데. 아끼다 똥 됐지 뭐."

형은 아무렇지 않은 듯 말하고 작업을 계속했다.

살았을 때 입은 옷들은 양말이나 팬티까지 모두 해지고 늘어난 것들이었다.

'새 옷이 이렇게나 많은데…….'

콧등이 시큰거렸다.

새 옷을 아끼고 아끼다 결국 한번 입어 보지도 못하고 서랍 속에 모셔둔 채 세상을 떠난 할아버지가 불쌍했다.

할머니가 떠올랐다.

할머니의 생신날이랑 어버이날은 빼먹지 않고 꼭 챙겼다. 어렸을 때는 할머니가 주신 용돈을 모아 양말 같은 걸 선물했고, 아르바이트하면서는 옷을 사드렸다.

한번은 외출복으로 입으면 좋겠다 싶어서 제법 비싼 값으로 분홍색 스웨터를 샀다.

"아유, 곱다. 이리 예쁜 걸 아까워서 어찌 입누."

할머니는 말은 그렇게 하면서도 바로 포장지를 풀고 그 옷을 입었다. 그런데 벗지 않고 계속 입고 있었다. 옷에 뭐라도 묻을까 봐 걱정됐다.

"할머니, 예쁘다면서 왜 계속 입고 있어요? 아껴 놨다가 외출할 때 입어야지."

"아냐, 예쁘고 좋은 건 더 자주 입어야 해. 그래야 죽을 때도 후회가 없어."

이렇게 말한 할머니는 정말 온종일 그 옷을 입고 있었다. 몇 번이나 거울을 봤고 그때마다 벌쭉벌쭉 웃었다.

할머니는 언제나 그랬다. 먹고 싶은 건 바로바로 먹고, 입고 싶은 것도 바로바로 입었다.

지금 생각하니 우리 할머니, 참 현명하셨구나 싶다.

"야, 뭘 그리 멍하니 보고 있어? 그러다 날 샌다. 그냥 다 봉투에 쓸어 담아!"

형이 소리쳤다.

"하긴 나도 처음엔 그런 거 보면서 엄청나게 충격이었지. 괜히 내가 다 속상하고 안타깝고 그렇더라."

형은 말하면서도 손은 부지런히 정리해 나갔다.

그 바람에 나도 정신을 차리고 폐기물 봉투에 그 아까운 새 옷들을 차곡차곡 담았다.

꽉 채운 봉투 주둥이를 묶어서 한쪽으로 놓고 다른 봉투에 다시 채워 나갔다.

재활용과 폐기물로 나누고 분리할 필요가 없으니 서랍장 정리는 쉬웠지만, 창문이랑 모든 문을 꽁꽁 닫은 탓에 죽을 맛이었다. 게다가 냄새 때문에 머리도 지끈거렸다.

"창문 좀 열면 안 돼요?"

"노 노! 냄새와 세균이 밖으로 나가면 안 돼!"

형이 손사래를 쳤다.

형이랑 아저씨, 털보 아저씨가 대단해 보였다. 이런 힘든 일을 어떻게 계속해왔을까.

"좀 쉬었다 하자."

거실 정리를 하던 아저씨가 말했다.

"와우, 좋아요. 신참, 나가자."

형이 환호성을 지르며 번개같이 현관문으로 종종걸음쳤다. 말은 안 했지만, 형도 덥고 힘들었던 모양이다.

나도 서둘러 밖으로 나왔다. 바람 한 점 없어도 보호안경과 마스크를 벗는 것만으로도 시원해서 날아갈 거 같았다.

"마셔라. 땀을 많이 흘려서 수분을 충분히 보충해 줘야 해. 냄새는 견딜 만하냐?"

아저씨가 아이스박스에서 시원한 이온 음료를 꺼내주며 물었다.

아까는 지끈거리던 머리가 지금은 좀 괜찮았다.

"힘들면 말해라. 참지 말고."

내가 고개를 끄덕이자 아저씨가 덧붙였다. 언제나처럼 말에 특별한 감정 같은 건 묻어나지 않았다.

"오호, 보기보다 강한 거 맞네."

형이 음료수를 마시며 나를 향해 엄지를 치켰다.

"신참 보니까 이 일 처음 할 때 생각난다. 으우, 냄새랑 벌레 때문에 정말 힘들었는데. 그래도 몇 년 하니 적응이 좀 되네. 이 일 하면서 달라진 게 있는데 그게 뭔지 말해줄까?"

형이 기대에 찬 얼굴로 나를 봤다. 하지만 달라진 게 뭐든 궁금하지도 관심도 없었다. 지금은 그저 훌훌 벗어던지고 시원한 물속으로 뛰어들고 싶다는 생각뿐이었다.

"전에는 방을 날 잡아서 한꺼번에 치웠거든. 2~3달에 한 번 치울까 말까 했지. 그런데 지금은 바로바로 치워. '하나 사면, 하나 버리자'를 목표로 실천하고 있고. 그래야 물건에 내 공간을 잡아먹히지 않거든."

"좋은 습관이네. 다들 못 버리고 살지. 언젠가 쓸 데가 있을 거라는 생각에 못 버리고, 새것이라서 못 버리고, 비싼 건 본전 생각나서 못 버리고… 결국 내가 편히 누워 쉴 공간마저 다 갉아먹는 거지."

털보 아저씨가 형 말에 맞장구를 쳤다.

이렇게 힘든 순간에도 대화를 주고받는 그들이 신기하고 대단했다.

“가지, 오래 쉬면 더 힘들어져.”

아저씨가 마스크를 착용하며 일어서자 모두 자리를 털고 일어섰다.

내가 작은방을 정리하는 사이 아저씨와 털보 아저씨까지 합세해서 거실과 부엌을 정리했다. 형 말대로 작은방에 살림은 없어도 장식장 때문에 시간이 오래 걸렸다. 냄새도 냄새지만 줄줄 흐르는 땀 때문에 중간중간 바람을 쐬며 쉬어야 했다.

아저씨와 털보 아저씨가 가전제품이며 가구들을 밖으로 빼내기 시작할 무렵 나도 작은방 정리를 끝냈다. 아저씨와 털보 아저씨가 무거운 것들을 옮기고 형과 나는 비교적 작고 가벼운 것들을 옮겼다.

물건을 들고 움직이자니 더워서 죽을 지경이었다. 땀은 비 오듯 쏟아지고 장갑 속의 손은 땀으로 미끄덩거렸다. 훌렁 벗고 물속으로 뛰어들었으면 싶은 생각이 간절했다.

그런 중에도 뱃속에서는 꼬르륵거리며 요동을 쳤다. 밥 먹으라는 아저씨의 말을 무시하고 우유만 마신 게 후회됐다.

핸드폰을 꺼내 시간을 보니 점심시간이 많이 지나있었다.

그때 형이 나를 보고 씩 웃었다.

“우리 신참 배고픈가 봐요.”

갑자기 형이 소리쳤다. 창피했지만 한편으론 다행이다 싶기도 했다.

아저씨가 손목시계를 보더니 나가자는 손짓을 했다.

"이런 일 할 때는 마당에 수도 있는 집이 젤로 반갑더라고요."

형이 커다란 대야에 수돗물을 받으며 말했다.

콸콸 쏟아지는 수돗물 소리만으로도 온몸의 땀이 씻기는 기분이었다.

나도 형처럼 장비를 벗어놓고 찬물로 씻었다. 살 거 같았다.

"자장면 4개요. 금방 갈 겁니다."

아저씨 통화 소리에 형이 물기가 뚝뚝 떨어지는 얼굴로 아저씨를 봤다.

"식당으로 가게요? 또 쫓겨나면 어쩌려고요?"

"운에 맡겨 보지 뭐. 그런 경험해 보는 것도 나쁘지 않고."

아저씨가 나를 힐끗 보며 말했다. 덩달아 형도 나를 봤다.

나는 영문을 몰라 젖은 머리를 털며 눈을 멀뚱거렸다.

다들 비누로 손과 얼굴을 씻은 뒤 아저씨를 따라나섰다.

"방학 때 선아 캠프 보낸다더니 갔나?"

털보 아저씨의 물음에 아저씨가 고개를 끄덕였다.

"3주짜리랬지?"

"헉, 무슨 캠프를 3주씩이나 가요? 영어 학원 캠픈가? 와, 머리 쥐 나겠다."

털보 아저씨의 물음에 형이 휘둥그레진 눈으로 껴들었다.

순간 아저씨와 털보 아저씨의 눈길이 잠시 얽혔다. 두 사람만 통하는 뭔가 있는 거 같았다.

아저씨 대신 털보 아저씨가 대답했다.

"선아에게 딱 필요한 캠프지."

집이 울리도록 현관문을 쾅 닫고 캠프로 떠난 선아는 그동안 카톡이나 문자 한번 없었다. 나에 대한 불편한 감정의 표현인 것이다.

골목을 조금 내려오자 중국집 간판이 보였다.

점심시간을 넘긴 시간이라 그런지 자리가 텅 비어 있었다. 우리가 자리에 앉자마자 자장면이 나왔다.

자장면을 식탁에 내려놓던 아줌마가 멈칫하며 코를 씰룩였다.

순간 털보 아저씨와 형이 긴장하는 게 느껴졌다.

"아이고, 죄송합니다. 뭘 좀 정리하다 와서 냄새가 뱄나 봅니다."

털보 아저씨가 미안한 표정을 지으며 아줌마를 향해 두 손을 모았다.

아줌마와 눈이 마주치자 나도 모르게 얼굴이 빨개졌다. 우리한테 고독사 현장 냄새가 밴 모양이었다. '또 쫓겨나면 어쩌려고요?' 하던 기호 형 말이 떠올랐다. 형이 걱정하던 것도, 아저씨가 점심시간을 넘긴 시간에 식당을 온 것도 이거 때문이구나 싶었다.

모두 빨리 먹기 대회라도 열린 듯 말없이 자장면만 먹었다. 덩달아 나도 속도가 빨라졌다. 다른 사람의 속도를 맞추려고 그랬는지 정말 배가 고파서인지 분간이 안 됐다.

젓가락을 내려놓다 말고 깜짝 놀랐다. 내가 먹은 자장면 그릇이 건더기 없이 말끔히 비어 있었다. 이렇게까지 많이 먹은 건 작년 여름 영규, 민재와 여행 마지막 날 먹은 식사 때뿐이었다. 언젠가부터 속이 답답하고 더부룩해서 밥을 못 먹고 있었다.

고개를 들다가 아저씨와 눈이 마주쳤다. 아저씨도 내 빈 그릇에 눈이 가 있었다.

"신참, 너도 마실래?"

형이 종이컵에 든 커피를 아저씨에게 내밀며 내게 물었다. 나는 고개를 저었다.

"아우, 이제 좀 살 거 같네."

형이 자판기 커피를 홀짝이며 배를 가볍게 두드렸다.

"그런데 왜 그렇게 빨리 먹어요?"

형에게 물었다. 그 순간 형이랑 털보 아저씨가 동시에 웃었다.

"넌 네 몸에서 나는 냄새 못 맡나? 민폐야 민폐. 그래서 보통은 시켜 먹거나 아예 굶고 작업하지. 오늘은 진짜 운이 좋은 거야."

형 말에 털보 아저씨가 고개를 끄덕이며 맞장구를 쳤다.

날이 덥고 배부르니 걷는 것도 귀찮았다. 그래도 중국집이 작업 현장과 가까워 다행이다 싶었다.

"좀 쉬었다 하자."

아저씨와 털보 아저씨는 담배를 피우려는지 조금 떨어진 곳에 자리를 잡았다.

"에고, 피곤하다. 잠깐이라도 좀 눕자."

형은 감나무 아래 벌렁 누웠다. 나도 눕고 싶었지만, 그냥 감나무에 기대앉았다.

"야, 신참!"

갑자기 형이 내 쪽으로 고개를 돌리며 낮고 은근한 목소리로 불렀다.

무슨 일인가 싶어 형을 봤다.

"너 대표님이랑 무슨 사이냐? 친척? 아니면 친구분 아들?"

형의 눈이 호기심으로 반짝였다.

"대표님… 저 대표님 모르는데요?"

나는 무슨 말인지 몰라 눈을 멀뚱거렸다.

아르바이트하러 왔지만, 따로 면접을 본 것도 아니어서 대표 얼굴을 본 적이 없었다.

"지금 개그 하냐? 넌 개그도 그렇게 진지하게 하냐. 하나도 안 웃기거든."

형이 눈을 흘겼다.

"개그 아닌데… 정말 대표님 누군지 몰라요. 한 번도 본 적 없는걸요."

형이 갑자기 상체를 발딱 일으켰다.

"진짜 몰랐냐? 너랑 같이 다니시는 분, 대표님이시잖아."

헉, 아저씨가 특수청소업체 대표라고? 나는 그저 아저씨가 신임

받는 직원 정도쯤 되는 줄 알았다. 그런데 대표라니! 아저씨는 한 번도 얘기한 적이 없었다. 물론 나도 따로 물어본 적이 없긴 했다.

"김진수, 이선우… 성이 다르니 친척은 아닌 거 같고… "

형 말에 불쑥 지난 기억이 떠올랐다.

엄마랑 아저씨는 나에게 입양 절차를 거치자고 했다. 아니면 동거인이라고. 하지만 이선우가 하루아침에 김선우가 되는 게 싫었다. 그동안의 내 삶이 부정당하는 기분이기도 했다.

내가 대답하지 않자 엄마와 아저씨는 좀 더 생각해 보자며 더이상 그 얘길 꺼내지 않았다.

"아니지, 외가 쪽 친척일 수도 있지. 하지만 대표님인 줄도 몰랐다면 역시 친척은… 아냐, 부러 얘기 안 해줄 수도 있지."

형은 혼자 묻고 혼자 대답했다.

덕분에 나는 굳이 대답하지 않아도 될 것 같았다. 다행이다 싶었다. '새아빠'라고 말하기도 싫었지만, 거짓말하는 것도 싫었다. 하지만 궁금했다. 왜 내가 아저씨와 특별한 사이라고 생각하는지.

"왜 그렇게 생각하시는데요?"

"너 같은 고딩을 알바생으로 쓴다는 게 말이 되냐? 가끔 네 또래 애들이 경험 차원에서 아르바이트하겠다고 연락이 오거든. '유품정리사'하니까 아주 근사한 줄 알고 말이야. 하지만 절대 안 받지."

"왜요? 청소년 고용금지 직업인가요?"

중학교 때부터 아르바이트하기 위해 이것저것 알아봤었다.

만 15세 이상의 청소년만 아르바이트나 시간제 근로가 가능했다. 하지만 아무 직종이나 가능한 건 아니었다. 유흥주점이나 피시방, 만화방, 숙박업 등 청소년에게 유해하다고 판단되는 직종에 대해 고용이 금지되어 있었다. 하지만 특수청소업체 일이 유해 업종으로 분류될지 아닐지는 나도 판단이 서지 않았다.

"그건 아닐걸. 그런데 뭐, 유품 정리라는 게 그렇잖아. 돌아가신 분들의 흔적을 마주하는 거니까 청소년들에겐 충격적인 장면이 될 수 있고… 그러니 아무래도 선뜻 권하긴 그렇지. 좀 조심스럽다고 할까."

형 말을 들으니 그럴 것도 같았다. 그런데 아저씨는 왜 나한테 그런 아르바이트를 시킨 걸까?

"그리고 오늘 작업만 해도……."

형이 무슨 말인가를 하려는데 아저씨와 털보 아저씨가 이쪽으로 걸어왔다.

"슬슬 시작하자."

털보 아저씨가 말했다. 그 바람에 나도 형도 장비를 착용하고 일어섰다.

아저씨와 털보 아저씨가 안방의 뜯다 만 벽지를 마저 뜯어내기 시작했다.

"벽지는 왜 뜯어요?"

"할아버지가 안방에서 돌아가신 거지. 벽지에 배어든 악취 때문에 그냥 두면 계속 냄새가 나. 심할 때는 시멘트 바닥을 파내고 다시 시공하기도 해."

형의 말에서 프로냄새가 났다. 이 일을 몇 년 했다더니 안 봐도 상황이 짐작되나 보았다.

벽지 뜯는 거야 식은 죽 먹기라고 생각했는데 그게 아닌 모양이었다.

두 분은 넓적한 칼로 벽을 긁다시피 벗겨 내고 있었다.

"저게 은근히 중노동이야. 시간도 많이 잡아먹고. 도배를 너무 잘한 곳은 벽지가 안 떨어져서 스팀다리미까지 사용해야 한다니까. 난 화장실 맡을 테니 넌 싱크대 좀 닦아."

형이 고무장갑을 끼고 화장실로 들어가며 말했다.

싱크대 곳곳을 박박 문지르며 닦는 사이 아저씨와 털보 아저씨가 벽지를 다 뜯어내고 장판을 걷기 시작했다.

속을 모두 비워내고 회색 콘크리트 벽만 남은 집은 집이 아니라 공사 중인 건물처럼 휑하고 삭막했다. 그런데 이상하게도 그 모습에서 막혔던 속이 뚫린 듯한 시원함이 밀려왔다.

"드디어 내가 나설 차례군."

화장실 청소를 끝낸 형이 핸드폰 카메라로 이 방 저 방 다니며 사진을 찍었다. 오늘의 작업 상황을 홈페이지에 올린다고 했다.

"마무리 작업하시게 우린 그만 나가자."

아저씨와 털보 아저씨가 몇몇 기계를 집안으로 들이는 걸 보며 형이 나에게 손짓했다.

밖으로 나와 마스크를 벗고 신선한 공기를 들이켰다. 공기정화 장치 없이 숨을 쉴 수 있다는 것이 정말 감사하게 느껴졌다.

"마무리 작업이 뭐예요?"

"고독사 최고의 난제, 냄새 잡기지. 자외선과 오존발생기로 멸균 작업을 하는 거야. 악취를 완전히 없애야 우리 일의 마침표가 찍히는 셈이지."

아저씨가 마지막 작업을 하는 사이 털보 아저씨와 우리는 폐기물 쓰레기들을 화물 트럭에 실었다. 힘들었지만 그래도 이것만 하면 끝이란 생각에 힘이 났다.

"와우, 끝났다!"

형이 마스크를 벗고 줄줄 흐르는 땀을 닦으며 소리쳤다.

나도 형처럼 마구 소리치고 싶었지만, 너무 힘들어서 아무 말도 나오지 않았다.

이제 장비를 챙겨서 집을 떠나려니 했는데 아저씨가 꽉 닫아둔 현관문 앞에서 뭔가를 준비했다. 형이랑 털보 아저씨가 공손한 자세로 아저씨 쪽으로 다가갔다.

'이리 와.'

우두커니 서 있는 나를 향해 형이 손짓으로 말했다.

그 바람에 형 옆으로 다가갔다.

아저씨는 종이컵에 술을 따라서 현관문 앞에 놓고 있었다.

"좋은 곳으로 가시라고 빌어드리는 거야."

형이 내 귀에 대고 속삭였다.

한 번도 본 적 없는 분의 명복을 빌어준다는 게 어색했지만, 형 옆에 나란히 서서 그분들처럼 눈을 감고 고개를 숙였다.

'좋은 곳으로 가세요. 그곳에서는 뭐든 아끼지 말고 입으세요.'

마음으로 빌었다.

그 순간 할머니의 유골을 소나무 아래 묻어주던 순간이 떠올랐다. 영규와 민재는 할머니를 한 번도 본 적이 없었지만, 마음을 다해 할머니가 좋은 곳으로 가시기를 빌어주었다. 그때의 고마움, 든든함이 가슴을 밀고 올라왔다. 콧등이 시큰거렸다.

"너, 우냐? 헐, 완전 감동적이네."

형이 내 등을 툭 치며 말했다.

그 바람에 화들짝 놀라 급히 어룽진 눈물을 닦고 아무렇지 않은 척 눈을 슴벅였다.

"괜찮아, 인마! 처음 할 때 나는 영 어색하고 이상하던데. 넌 정말 공감력이 좋구나."

형이 내 등을 쓰다듬으며 웃었다.

아저씨가 나를 힐끗 보더니 말없이 옆에 놓인 종이상자를 챙겼다. 낯익은 상자였다.

"갖고 있을래? 할머니 집 정리하면서 챙겨온 거야."

엄마가 신발 상자만 한 크기의 누른 종이상자를 내게 내밀며 말했었다.

그때 본 상자와 똑같은 상자였다.

"유족에게 전달할 유품이야. 호주로 이민 간 아들이 있대. 휴대전화기랑 통장, 귀중품 같은 것들은 소독해서 유가족에게 전달하거든. 고인과의 추억이 될 만한 유품들도."

내가 종이상자를 보고 있자 형이 말했다.

07
눈부시게 빛날 나이

아저씨가 나에게 아르바이트를 시키는 데는 나름의 규칙이 있는 거 같았다.

하루하고 나면 3~4일은 쉬게 해주었다. 아마도 몸이 어느 정도 회복될 수 있도록 시간을 주는 모양이었다.

그제 쓰레기 치우는 일이 꽤나 힘들었는데도 하루 지나고 나니 뭉근한 통증은 있지만 신음이 터져 나올 정도는 아니었다.

"죽을 거같이 힘들어도 하면 또 하게 되더라고요."

첫날 기호 형이 한 말이 떠올랐다.

형 말대로 모든 것은 적응되고 이겨내기 마련인 거 같다.

스트레칭으로 몸을 풀자 배에서 신호가 왔다. 뭐라도 좀 먹어야지 싶어 거실로 나갔다.

식탁에 앉아 콘플레이크에 우유를 부었다. 빳빳하던 콘플레이크에 우유가 천천히 스며들며 부드럽고 눅진해졌다.

할머니랑 살 때는 이런 콘플레이크를 먹는 아침은 생각할 수조차 없었다.

'사람은 밥심이야. 밥을 먹어야 하루가 든든해.'

할머니의 쾌활한 목소리가 들리는 듯했다.

숟가락 가득 콘플레이크를 떴다. 입에 넣으려는데 까맣게 쪼그라든 건포도가 눈에 들어왔다. 까만 건포도를 보자 규태 형이 준 고양이 사료가 떠올랐다. 봉지 그림에 그려진 사료 모양이 꼭 말린 건포가 같았었다.

"고양이 사료 좀 챙겨 줬으면 해서. 모의고사도 있고… 당분간 못 올 거 같아서."

형이 주머니에서 뜯지 않은 사료 봉지를 꺼내며 말했었다.

"한 번에 줘도 되고, 시간 되면 두세 번 정도 나눠 주면 더 좋고."

형이 덧붙였던 말도 떠올랐다.

아르바이트하면서 까맣게 잊고 있었다.

형이 준 사료는 책상 위 어딘가에 널브러져 있을 것이다.

콘플레이크를 꾸역꾸역 먹고 사료 봉지를 들고 집을 나섰다.

빌라를 나와 골목을 올라가는데 해바라기 아줌마와 마주쳤다.

아줌마는 데이트라도 나가는 듯 밝고 화사한 옷차림이었다. 하늘거리는 흰색 치맛자락이 눈부셨다.

"안녕, 오랜만에 보네. 라디오는 찾아왔니?"

'아, 라디오.'

사흘 후에 와보라고 했는데 까맣게 잊었다. 몸이 힘드니까 잊어버리는 게 많다.

"아직 수리점에 못 가봤어요."

"바빴나 보네. 힘들어도 고개 들고 어깨 좀 펴. 눈부시게 빛날 나이잖아."

아줌마가 내 어깨를 톡톡 두드렸다.

아줌마의 눈에도 나는 '다크맨'인 모양이다.

나는 멀어져 가는 아줌마의 뒷모습을 멍하니 바라봤다.

'눈부시게 빛날 나이.'

그건 아줌마에게 해당하는 거 같다.

나이가 어리다고, 젊다고 다 빛나는 건 아니다. 아줌마처럼 날마다 해바라기마냥 화사한 웃음꽃 피우는 때가 눈부시게 빛날 나이 아닐까.

어떤 삶이면 아줌마처럼 언제 봐도 화사하게 빛날 수 있을까?

아줌마는 분명 동동거리며 고민할 일 같은 건 없을 것이다. 물꽂이 식물처럼 살아보려고 버둥대는 순간도 없었을 것이다. 그러고 보니 요즘 물꽂이 식물도 까맣게 잊고 있었다. 아마 지금쯤 썩어서 유리병에서조차 사라졌을 것이다.

주머니 속에 든 사료를 만지작거리다 수리점으로 향했다.

'꽤나 오래된 물건이네.'

할아버지의 말이 떠오르면서 못 고치면 어쩌나, 조바심이 났다.

수리점 할아버지는 점심 식사 중이었다.

얼른 여쭤보고 싶었지만, 식사 시간을 방해해선 안 될 거 같았다. 소리 나지 않게 의자를 옆으로 조금 옮겨서 앉았다.

개천을 따라 걷는 사람들이 보였다. 양산을 쓰고 걷는 사람, 운동복 차림으로 뛰는 사람들이 보였다. 한낮에도 운동하는 사람이 있다는 게 신기했다.

개천 때문인지 간간이 바람이 불어왔다. 바람에 물비린내가 섞여서 역했다. 전 같으면 비위가 상했을 테지만 '특수청소업체' 일을 하면서 지독한 냄새에 면역이 되었는지 이 정도는 아무렇지 않았다.

"라디오 찾으러 오셨는가?"

갑작스러운 말소리에 고개를 돌렸다.

할아버지가 고개를 빼고 이쪽을 보고 있었다.

"왔으면 왔다고 인기척을 내야지. 왜 거기서 꿔다 논 보릿자루처럼 앉았는가?"

할아버지가 의아한 듯 눈을 크게 떴다. 이마의 주름살이 더 굵어졌다.

"식사하시는 거 같아서요."

내 말에 할아버지는 휘둥그레진 눈으로 나를 빤히 봤다. 그러다 천천히 웃었다. 들쭉날쭉 제멋대로의 누른 이빨이 드러났다.

"요즘에도 자네 같은 학생이 있구먼. 소싯적 내 모습을 보는 거 같은걸."

껄껄 웃던 할아버지가 갑자기 웃음을 멈췄다.

"아, 그렇다고 나처럼 살라는 건 아니니 오해는 말고. 나도 옛날엔 꿈도 많았지. 결혼해서 자식도 줄줄이 낳고 귀여운 손자도 보고… 그런데 이 나이 되도록 혼자 살게 될 줄 누가 알았겠나. 자, 라디오 여기 있네. 뚝딱 고쳤지."

할아버지가 라디오를 내밀었다.

뚝딱 고쳤단 말에 긴장했던 마음이 확 풀어졌다.

오랜만에 라디오를 만지니 가슴이 두근거렸다. 전원 버튼을 눌렀다. 버튼이 부드럽게 밀려 들어가면서 노래가 나왔다. 흘러간 노래 시간인지 옛날 노래였다. 안도감과 함께 가슴이 뻐근해 왔다.

"못 고치면 어쩌나 걱정했어요. 정말 감사합니다."

나는 거푸 고개를 숙였다.

"좋아하는 모습을 보니 내가 더 기쁘네. 이 일 하면서 손님이 환하게 웃을 때가 제일 행복해."

할아버지는 이가 훤히 보이도록 웃었다.

"할머니가 정말 아끼던 거였거든요. 수리비, 얼마예요?"

"수리비는 됐고, 이따금 와서 내 말벗이나 되어주면 좋겠는데… 안 되겠지? 고등학생 같은데 요즘 고등학생이야 잠잘 시간도 부족하다던데."

할아버지는 말해놓고 멋쩍은지 뒷머리를 긁적거렸다.

혼자 사시니 말벗이 그리운 모양이었다.

오랫동안 할머니와 살아서 그런지 내 또래보다 할머니·할아버지들과 대화하는 게 더 편했다. 엄마도 지나가는 말처럼 '넌 애늙은이 같아.'라고 했었다.

"저, 안 바빠요. 그렇게 할게요."

내 말에 할아버지 얼굴이 환해졌다.

환해지는 얼굴을 보니 덩달아 기분이 좋았다. 내가 누군가의 기분을 밝게 할 수 있다는 사실이 기뻤다.

나는 의자를 할아버지 가까이 옮겨 앉았다.

할아버지가 소파 뒤에서 비타민 음료 두 개를 꺼내서 하나를 내게 건넸다.

"아까 손님이 주고 갔는데 아직 시원하네."

할아버지 말대로 비타민 음료는 시원했다.

"온종일 웅크리고 앉아 계시면 힘들지 않으세요?"

"힘들지만 어쩌겠는가. 꽃향기를 맡으려면 먼저 허리를 숙여야 하고, 시냇물을 마시려면 먼저 무릎을 꿇어야 한다고 했잖은가."

'꽃향기를 맡기 위해서는 먼저 허리를 숙여야 하고, 시냇물을 마시기 위해서는 먼저 무릎을 꿇어야 한다.'

나는 속으로 할아버지의 말을 천천히 되뇌었다.

당연한 말인데 뭔가 깊은 철학 같은 것이 느껴졌다. 할아버지를 빤히 봤다.

"왜 그리 보는가?"

"너무 멋있는 말 같아서요."

"그렇지? 안타깝지만 내가 한 말이 아니니 나한테 감동하진 말게나."

"그럼, 누가 하신 말씀인데요?"

"약용이 동생이."

"약자, 용자요? 특이한 이름을 쓰시네요."

"그대도 들어봤을 텐데. 몰라? 약용이 동생?"

나는 고개를 저었다.

할아버지가 저렇게 물을 정도면 동생이 꽤 유명한 분인 모양이다.

"성이 어떻게 되는데요?"

"정 씨!"

'정약용?'

익숙한 이름에 나는 눈이 동그래져서 할아버지를 봤다.

"모르면 공부랑은 담쌓은 녀석이지."

할아버지가 낄낄대며 장난스럽게 웃었다. 여태 봐온 모습이랑 달라서 당황스러우면서도 우스웠다.

"혹시 교과서에 나오는 그분은 아니죠? 조선시대 때……."

나는 '목민심서'라는 말을 꿀꺽 삼켰다. 설마 그거까지 기억하실까 싶어서였다.

할아버지가 활짝 웃으며 고개를 끄덕였다.

'뭐야, 이 할아버지 정신이 온전치 않으신 건가?'

"왜 그런 눈으로 보냐? 그분이 73세에 세상을 떴으니 이승 나이는 여전히 73세지. 나보다 한 살 어리니 동생 맞잖은가? 억울하면 더 살았어야지."

할아버지의 말에 나는 그만 웃고 말았다.

정말 어이없는 할아버지다. 하지만 틀린 말이라고 하기도 애매했다.

"일은 안 하고 뭘 그리 노닥거리고 계시우? 내 양산은 고치고 노는 거유?"

낯선 할머니가 파라솔 속으로 쏙 들어서며 말했다.

목소리는 괄괄한데 얼굴은 벙실벙실 웃고 있었다.

"저는 그만 가 볼게요. 감사합니다."

할아버지에게 라디오를 들어 보이며 인사를 했다. 할아버지는 고갯짓으로 인사를 대신했다.

오르막을 오르자니 금세 땀이 줄줄 흘렀다. 뜨건 햇살에 팔뚝도 따끔거렸다.

집 앞까지 오니 슬그머니 귀찮아졌다. 주머니 속의 고양이 사료를 만지작거렸다.

'그래도 약속은 지켜야지.'

나는 마음을 다잡고 공원 쪽으로 무거운 걸음을 옮겼다.

라디오를 켜고 이어폰을 꼈다. 노랫소리의 리듬에 맞춰 걷다 보니 공원이 나오고 정자가 나왔다.

주위를 둘러봤지만, 오늘도 고양이 모습은 보이지 않았다. 여태 한 번도 본 적이 없어서 정말 고양이가 있기는 한 건가 싶기도 했다.

휴지를 꺼내 그릇을 닦았다. 사료 봉지를 뜯어서 반을 부어놓고 나머지는 접어서 주머니에 다시 넣었다.

산자락을 좀 올라왔더니 그새 몸이 노곤 거리면서 기운이 빠졌다. 정자에 벌렁 누웠다.

간간이 바람이 불었다. 라디오를 끄고 바람 소리에 귀를 모았다. 나뭇잎 살랑대는 소리에 마음이 편안해지는 거 같았다.

어디선가 타박타박 발소리가 들리는 듯도 했다.

저녁이면 문밖으로 귀를 모으고 할머니 발소리를 기다리던 시간이 떠올랐다.

할머니 발소리를 들으면 그날 할머니의 하루가 어땠는지 알 수 있었다. 즐거운 날은 가볍게 콩콩 소리가 났고, 종일 힘든 날이었을 땐 발걸음이 턱턱 무거웠다. 그런데 어느 순간부터 할머니의 발걸음은 한결같이 가볍게 콩콩거렸다. 그래서 꽤 오랫동안 할머니가 요즘은 날마다 기분 좋은 일만 있구나 싶어 덩달아 기뻤다. 그러다 어느 날 저녁 진실을 알게 되었다. 학교 준비물을 못 챙긴 게 떠올라 문방구에 다녀오는 길이었다. 골목을 막 돌았을 때 집을 향해 걷는 할머니 모습이 보였다. 반가워서 내달리려다 우뚝 멈춰 섰다. 할머니의 발걸음이 터덜터덜 한없이 무거워 보였기 때문이다.

나도 모르게 조용히 할머니를 뒤따랐다. 할머니는 대문 앞에서 걸음을 멈추고 심호흡하며 어깨를 쫙 폈다. 이내 가벼운 콩콩 걸음으로 대문을 넘고 지하 계단을 내려갔다.

할머니는 그렇게 늘 내 마음을 챙기며 사셨던 거다.

"헤이!"

갑작스러운 외침에 놀라서 몸을 발딱 일으켰다.

규태 형이 활짝 웃으며 정자 계단에 서 있었다.

"나 같은 애가 또 있나 했더니, 역시 너였군! 오늘도 만나게 될 줄은 몰랐는데."

"평범하게 등장하는 날이 없네요. 저도 오늘 형을 만날 줄 몰랐어요."

"너도 내가 반갑냐?"

형이 웃었다. 나도 모르게 웃었던 모양이다.

"고양이 밥 줬더라."

"아, 그게 깜빡하는 바람에 오늘에야……."

나는 반 남은 봉지를 주머니에서 꺼내 보였다.

"어쨌든 주긴 줬잖아. 약속도 지키고, 꽤 듬직한걸."

형이 정자에 털썩 앉으며 내 어깨를 툭 쳤다.

"딱 봐도 약속 잘 지키게 생기지 않았어요?"

형이 멀뚱멀뚱 나를 보더니 갑자기 깔깔대며 웃었다.

"야, 너도 그런 말 할 줄 아냐? 정말 안 어울리는데 그게 또 왜케 웃기냐! 그런데… 뭔가 분위기가 좀 달라졌는걸."

형이 눈을 가늘게 뜨고 나를 요리조리 살폈다.

"시험은 잘 봤어요?"

형 눈길이 부담스러워 얼른 물었다.

"잘 보고 말고가 어디 있냐. 그냥 보는 거지 뭐. 그런데 넌 학원은 안 다니냐? 어째 올 때마다 보네."

"이번 방학엔 아무것도 안 하기로 했어요."

"오, 대박인데. 너희 부모님은 초인이신가 보네. 딱 봐도 고딩인데 학원도 안 보내고. 아니면 금수저라 탱탱 놀아도 미래가 보장되는 건가?"

형이 다시 하하 웃었다. 하지만 나는 웃을 수가 없었다.

"야, 뭘 또 정색하고 그래. 장난이야. 나도 실컷 놀고 싶다. 고3은 문제집이랑 날마다 전쟁이야."

"형도 뭐 고3이 맞나 싶게 할랑해 뵈는데요."

"보기보다 직설적이네. 뭐 맞는 말이긴 한데 보이는 게 다가 아니란다."

형이 정자에 벌렁 누웠다.

'눈부시게 빛날 나이!'

아까 해바라기 아줌마가 한 말이 떠올랐다.

형도 나처럼 눈부시게 빛날 나이는 아닌 모양이다.

우리는 나란히 누워 정자 너머 하늘을 봤다.

구름이 떠 있는 하늘이 파랬다. 오랜만에 마음이 편안했다.

08
보호 종료

'달성고시원'

건물 출입문 위에는 이렇게 적혀 있었다.

고시원이란 곳을 말로만 들었지 들어가 본 적은 없었다.

원래는 사법 시험이나 공무원 임용 시험을 준비하는 고시생들이 숙식하며 공부하는 곳인데 어느 순간부터 집 구하기 힘든 사람들이 많이 이용한다는 기사를 본 적이 있다. 최근엔 청년들보다 혼자 된 중·장년층 남자들이 더 많이 이용한다고 했다.

"오늘은 더 가슴 아픈 곳이네. 우리 일이 다 그렇지만."

기호 형이 고시원 건물을 바라보며 중얼거렸다.

말끝에 묻은 한숨 소리를 들으며 아침에 아저씨가 한 말이 떠올랐다.

"오늘은 자살로 삶을 마감한 사람의 방을 정리할 거야."

그 순간 뒤통수부터 시작해 전신으로 아릿한 통증이 훑고 지나갔다.

할머니 돌아가시고 머릿속을 가득 채운 낱말이 바로 '자살'이었다. 더이상 살아갈 이유가 없었기 때문이다. 그런데 머릿속으로만 생각하던 그 낱말을 아저씨의 입을 통해 들으니 아주 다른 느낌이었다. 아저씨의 말투는 언제나처럼 아무 감정을 싣고 있지 않았다. 마치 일상의 사소한 걸 이야기하는 것처럼 무덤덤했다. 오늘 날씨가 맑다느니 흐리다느니 하는 소소한 일상 말이다. 그 때문인지 출렁이던 가슴이 서서히 가라앉았다.

"307호야. 방이 좁으니 둘이 먼저 작업하고, 끝나면 우리랑 교대하자. 가구는 두고 속에 든 물건들만 정리해."

아저씨가 열쇠를 형에게 내밀며 말했다.

털보 아저씨는 아까부터 운전석에 앉아 통화 중이었다.

"마스크랑 장갑만 착용하고 방호복은 안에서 입어. 고시원 측에서 사람들이 동요할까 걱정하네."

아저씨의 말에 우리는 마스크와 장갑을 착용하고 방호복과 봉투들을 챙겨 고시원 건물로 향했다.

승강기가 없어서 계단을 통해 올라갔다.

3층 통로 문을 열자 좁은 복도를 사이에 두고 양쪽으로 늘어선 방문들이 보였다. 벽에는 '정숙'이란 글자가 빨간색으로 붙어 있었다.

좁은 통로를 걸어가는데 벌써 숨이 막혔다. 방 한 칸이라도 더 만들려고 외부 공간을 최대한 좁게 뺀 모양이었다.

307호 앞에 서자 '자살'이란 말과 함께 온갖 살벌한 풍경이 떠오르면서 가슴이 벌렁거렸다.

형이 문을 열자 소독 냄새가 확 밀려 나왔다.

벌렁거리는 가슴을 누르며 방 안으로 들어섰다. 뜻밖에도 방 안 풍경은 말짱했다. 숨 막히게 좁을 뿐 누군가 평온한 일상을 보내고 있는 평범한 방이었다. 순간 안도감이 밀려왔다.

방호복을 입고 방안을 둘러봤다.

창문도 없는 방은 몇 발짝 움직일 곳도 없을 만큼 좁았다. 그 좁은 공간에 침대와 책상이 마주 보고 놓였고, 책상 위쪽에 수납장이 붙어 있었다. 입구에는 붙박이장 하나가 놓였고 그 옆으로 여행 가방 크기의 냉장고가 있었다.

"고시원이란 데가 이렇게 좁구나."

나도 모르게 중얼거렸다.

"월세가 얼마냐에 따라 다르지. 고시텔이라고 호텔 같은 고시원도 있잖아. 거기처럼 널찍하고 개인 화장실에 샤워실까지 비치된 곳도 있지. 하지만 여기처럼 숨 막히게 좁은 공간에다 공용 화장실과 공용 목욕탕을 써야 하는 곳도 있고. 세상 이치가 그렇잖아. 있는 자와 없는 자의 차이."

형이 달관한 듯 무덤덤하게 말했다.

순간 가슴이 찌릿하니 아팠다. 할머니도 같은 말씀을 하셨다.

"돈 없는 사람은 납골당에도 못 가야. 그것도 집이나 매한가지야. 돈 주고 빌리는 거거든."

할머니의 그 말을 들으면서도 나는 그게 나나 할머니와는 상관없는 일이라고 생각했다. 할머니가 돌아가신다는 건 생각해 본 적이 없었기 때문이다. 사람이 영원히 살 수는 없으니 언젠가는 죽겠지만 아주 먼 훗날의 일이라고 생각했다.

그런데 아니었다. 저녁에 보자며 활짝 웃으며 손을 흔들고 출근하신 할머니가 교통사고로 돌아가시고야 알았다. 그런 일은 어느 날 갑자기 일어날 수 있는 일이란 걸. 그때 할머니의 유골함을 끌어안은 채 돈 없으면 마음대로 묻히지도 못한다던 할머니의 말씀을 온몸으로 실감했다.

"신참, 뭐 해? 봉투 좀 벌려 봐."

형 말에 서둘러 폐기물 봉투를 벌렸다.

침대 위의 이불과 요를 착착 접어서 봉투에 넣었다. 베개도 넣었다.

"네가 책상 쪽 맡아. 난 붙박이장이랑 냉장고 맡을게."

형이 입구 쪽으로 걸어가자 나는 봉투를 들고 책상 앞에 자리를 잡았다.

그때 책상 귀퉁이에 놓인 손바닥만 한 액자가 눈에 들어왔다. 액자 속 사진에는 내 또래로 보이는 남자아이 셋이 손가락으로 V를 그리며 활짝 웃고 있었다. 순간 가슴이 벌렁거리며 마구 요동쳤다.

"형, 이거 좀 보세요."

나는 떨리는 손으로 형에게 액자를 내보였다.

"방주인이 어르신인 줄 알았구나? 보호 종료 청년이래. 알지? 보육원에서 살다가 때가 되면 강제 퇴소하는 해야 하는 거. 어르신들만 고독사가 있는 게 아냐."

형이 길고 깊은 한숨을 내쉬었다.

'보호 종료'

민재 때문에 보육원을 검색하다 보게 된 낱말이었다.

보호 종료 아동, 자립 준비 청년… 같은 말들이 연관 검색어로 떴었다.

보호자가 없거나 보호자가 아이를 양육하기에 적당하지 않아 시설이나 가정위탁 보호를 받다가 보호조치가 종료된 청년을 일컫는다고 했다.

그때도 지금처럼 낱말이 주는 느낌은 무섭고 섬뜩했다. 보육원 퇴소를 걱정하던 민재 얼굴이 떠오르면서 가슴이 아릿했다.

"버티고 버티다 결국은 죽음을 선택한 거지. 세상에 손 내밀 사람은 없고, 외롭고… 이런 곳 정리할 때가 제일 가슴 아파. 남의 일 같지 않아서."

형은 말끝에 다시 한숨을 내쉬었다.

"덥다, 어서 끝내자."

형이 방바닥 한쪽에 모아둔 빈 물병, 컵라면 용기들을 봉투에 담는 걸 보며 나도 정리를 시작했다.

책꽂이에는 수학, 영어 문제집들이 꽂혀 있었다. 이따금 '사회복지사'라고 적힌 서적이 섞여 있기도 했다. 책들을 차곡차곡 모아서 마대자루에 넣었다. 책이 많지 않아 책꽂이 정리는 금세 끝났다.

서랍을 정리하기 위해 첫 번째 서랍을 열었다. 각종 영수증이 아무렇게나 섞여 있었다. 대부분 학원등록 영수증이나 수강증이었다. 아르바이트하면서 달았던 명찰 같은 것들도 있었다. 대학을 가기 위해 아르바이트하며 학원에 다닌 모양이었다.

서랍에 든 것들을 하나하나 집어서 봉투에 넣었다. 서랍을 빼서 통째로 부어도 되겠지만 왠지 그럴 수가 없었다. 한 사람의 이승에서의 마지막 흔적이라 생각하니 조심스러웠다.

두 번째 서랍을 열자 까만 표지의 공책이 나왔다. 첫 장을 넘겼다.

장수민! 새로운 시작이다! 두렵지만 가 보자!

누군가에게 빛이 되는 사람이 되자.
사회복지사가 되어 내가 받은 도움을 돌려주자.

고인의 이름이 '장수민'인 모양이었다.

첫 장에 쓴 글씨는 굵고 진했다. 글씨에서 힘찬 기운이 느껴졌다. 새로운 출발에 대한 두려움과 설렘이 동시에 느껴졌다. 가슴이 먹먹했다.

다음 장을 넘겼다.

○○일 ××일

공책을 선물 받았다. 외롭거나 힘들 때 여기다 쏟아내라고 했다.

이제 정말 보호 종료다.

보호 종료. 무섭다. 막막하고 두렵다. 보육원에서 계속 들어온 말이지만 실제로 그 상황에 내던져지는 건 아주 다른 문제 같다. 이제 내 보호자는 나다. 아파도 나 혼자 알아서 해야 하고, 생계도 나 혼자 알아서 이어가야 한다. 무.섭.다.

고인도 '보호 종료'에서 내가 느낀 감정을 고스란히 느끼고 있었다. 하지만 내가 막연히 느끼는 것과 실제 그 상황에 놓인 고인이 느끼는 섬뜩함은 비교할 수도 없을 것이다.

노트 몇 장을 거푸 넘겼다.

○○일 ××일

편의점 아르바이트를 그만뒀다.

역시 나에 대해 말하지 말 걸 그랬다. 물건이 없어지니 사장님은 나부터 의

심했다.

선배가 그랬다. 사회에서 우리는 '삐뚤어지고 불완전한 인격체, 탈선의 대표 아이콘'이라고. 일반 가정의 아이들이 알바를 그만두면 그냥 혀만 차지만 우리가 그만두면 '부모 없는 자식이 그렇지 뭐. 인내력이라고 있겠어.' 라고 뒷담화를 한다고 했다.

아무리 노력해도 안 되는 건 인 되는 걸까? 점점 기운이 빠진다.

"신참! 뭐하냐? 그런 거 읽다가 날 샌다."

형이 소리쳤다.

"네… 이거 일기장 같은데……."

"그래, 일기장도 발견되고 유서도 발견되고 그렇지 뭐. 봐봐야 가슴만 미어져."

"이런 건 어떡해요?"

"한쪽에 따로 모아 놔. 혹시 지인이 나타날지도 모르니까. 현장을 정리하다가 나온 일기장이나 유언장, 중요 서류들을 유족들에게 전달하는 것도 우리 중요 업무야."

형은 말하면서도 부지런히 손을 놀렸다.

"어우, 더워 죽겠다. 빨리하고 나가자."

옷장 정리를 끝낸 형이 냉장고 문을 열며 말했다.

더운 것도 더운 거지만 소독 냄새 때문에 머리가 아팠다.

서둘러 셋째 서랍장을 열었다. 나무젓가락 같은 일회용품들이 들어있었다. 모두 폐기물 봉투에 넣었다.

책상 위쪽에 붙은 수납장에는 수건 몇 개와 컵라면 같은 것들이 드문드문 놓여 있었다. 그것들을 폐기물 봉투에 넣었다.

"냉장고도 속이 텅텅 비어 별로 정리할 게 없네. 그만 나가자. 나머지는 두 분이 마무리하실 거야."

형이 커다란 비닐봉지의 주둥이를 묶으며 말했다.

나도 서둘러 폐기물 봉투를 묶어서 마무리했다.

한 사람의 삶의 흔적이 달랑 봉투 세 개로 정리된다는 사실이 가슴 아팠다.

폐기물 봉투를 문밖으로 내놓는데 아저씨와 털보 아저씨가 복도를 걸어왔다.

"오우, 교대 시간 딱 맞추셨네요."

형이 엄지를 치키며 낮게 소리쳤다.

"그럼, 이 정도는 돼야 고수지. 수고했어. 차에 간식 있으니까 먹으면서 쉬고 있어."

털보 아저씨 역시 낮은 목소리로 맞장구쳤다.

아저씨와 털보 아저씨가 307호로 들어가자 형과 나는 폐기물 봉투들을 밖으로 운반했다.

장비를 훌훌 벗고 그늘에 앉으니 바람이 없어도 선풍기 앞에 앉은 것처럼 시원했다.

소독 티슈로 손을 꼼꼼히 닦은 형이 빵과 음료를 내밀었다. 배가 고팠지만 먹고 싶은 생각이 나지 않았다.

"입맛 없지? 그래도 먹어. 산 사람은 살아야지. 누군가 떠난 자리를 정리하는 일이 그래서 힘든 거야."

형은 빵을 한입 가득 베물었다.

"그분, 꿈이 사회복지사였나 봐요. 대학 가려고 알바 해서 학원도 다니고 한 모양이더라고요."

환하게 웃던 사진 속 고인의 모습이 어른거렸다.

서랍 속에 뒤엉켜 있던 수강증, 영수증, 명찰 같은 것들도 떠올랐다.

"보호 종료 후에 많이들 고시원 생활을 하나 보더라. 밤낮으로 일해서 월세 내고 학원비 내고 그랬겠지. 처음에야 스스로 다독이며 버티지만 점차 암담한 현실에 지쳐갔겠지. 다섯 명에 한 명꼴로 연락 두절이라더라. 더이상 살아갈 이유를 못 찾은 거겠지."

'더이상 살아갈 이유를 못 찾은 거겠지.'

그 말이 출렁거리며 가슴을 흔들었다.

"그런데 웃기는 게 뭔지 알아? 같은 고독사라도 어르신들은 관리하는 사회복지사도 있고 해서 빨리 발견되는 편인데 젊은 사람들은 안 그렇다는 거야. 좀 전에 그 친구는 그래도 운이 아주 좋았어. 다음날 바로 발견됐거든. 떠나기 전에 친구에게 마지막 인사를 보냈나 봐. 이상하게 생각한 친구가 다음날 전화를 했는데 계속 안 받아서 고시원까지 찾아왔다나 봐."

형이 우물거리던 빵을 삼키고 음료수를 벌컥벌컥 마셨다.

그는 친구의 죽음을 확인하고 얼마 놀랐을까? 평생 충격으로 남을 거 같았다.

"고독사 현장을 보며 느낀 건데 어쩌면 그들에게 필요한 건 경제적인 도움보다 누군가의 따뜻한 안부 인사 한마디가 아니었을까 싶더라. 오늘은 뭘 했는지, 밥은 잘 먹고 있는지… 이런 사소한 일에 관심 가져주는 사람 말이야. 이 세상에 혼자라는 생각, 외로움만큼 무서운 건 없으니까."

형은 빵 봉지랑 빈 병을 비닐봉지에 넣고는 폐기물 봉투를 접어서 베개처럼 베고 누웠다.

외로움만큼 무서운 건 없다는 형의 말이 가슴속에서 길게 여울졌다.

'왜 살아야 할까?'

작년 여름, 그리고 올봄, 내 가슴을 휘젓던 생각이다.

죽음과 삶 사이가 그리 멀리 않다는 걸 할머니를 통해, 엄마를 통해 알았다. 오늘 아침을 같이 먹었던 사람이 다시는 함께 밥을 먹을 수도, 대화를 나눌 수도 없게 되기도 한다는 것. 그리하여 텅 빈 세상에 혼자 살아남은 듯 느껴지게 된다는 것. 그 당혹감, 암담함, 허망함, 외로움은 살아갈 이유와 의욕을 앗아간다. 수많은 목표와 희망이 어느 순간 거품처럼 사그라진다. 한순간 삶이 그렇게 가벼워질 수 있다.

"오죽하면 세상을 등졌을까 싶지만 그래도 버티면 좋겠어. 끝까지 버티면 방법이 생길 수 있을 텐데. 왜 그렇게 멀리만 보는지 모르겠어. 멀리만 보니 힘이 빠지고 지치지. 오늘, 지금 내가 할 수 있는 일에 최선을 다하면서 오늘 누릴 수 있는 기쁨을 찾고 누려야지. 그렇게 살다 보면 길이 보이고, 숨통 트일 날도 올 텐데… '나만 힘든 게 아니다, 다들 그렇게 산다.' 이렇게 사기 죄면도 걸면서 말이야. 다들 그렇게 버티고 있는 거잖아. 젊어 고생은 사서도 한다는데… 아, 이건 아니다. 어른들이 나한테 그 말할 때 짜증 났는데 그 말을 내가 하고 있네. 어쨌든 대학 좀 못 가면 어때, 사회복지사가 못 되면 어때. 좋은 사람들도 많으니 함께 의지하고 기운 내고 살면 그게 행복이지 뭐. 안 그러냐?"

형은 울분처럼 쏟아내더니 옆으로 돌아누웠다.

'안 그러냐?'라고 물었지만 그건 내 대답을 듣기 위한 질문이 아니라 수많은 '장수민'들을 향한 안타까운 질타 같았다.

'왜 그렇게 멀리만 보는지 모르겠어. 멀리만 보니 힘이 빠지고 지치지. 오늘, 지금 내가 할 수 있는 일에 최선을 다하면서 오늘 누릴 수 있는 기쁨을 찾고 누려야지.'

형 말이 메아리처럼 머릿속을 울렸다.

문득 작년 여름 동해의 한 야영장에서 일이 떠올랐다.

영규, 민재와 정동진의 모래시계공원에서 청소년 음악 페스티벌 공연을 보다가 별바라기 그룹을 만났다. 영규네 카페 단골이었기 때문에 그 인연으로 그들과 바닷가 야영장에서 함께 고기를 구워 먹었다. 이런저런 얘기 끝에 별바리기의 차량 후원을 맡은 아저씨가 세계적인 바이올리니스트 조슈아 벨의 일화를 들려주었다.

2007년엔가 조슈아 벨이 한 신문기자의 의뢰로 길거리 공연 실험에 동참했단다.

야구 모자를 눌러쓰고 평범한 거리의 악사처럼 변장한 그는 아침 출근 시간에 워싱턴 지하철역에서 45분간 연주했단다. 당시 1,000여 명이 그 앞을 지나갔다는데 1분 이상 공연을 지켜본 사람은 고작 7명이었다고 했다. 그리고 딱 한 여성이 그가'조슈아 벨'이란 걸 알아봤는데 바로 이틀 전에 100달러를 내고 그의 공연을 본 사람이라고 했다.

아저씨는 조슈아 벨의 그날 연주는 현재를 사는 사람만이 제대로 감상했을 거라며'내가 사는 것인지, 살려고 하는 것인지'잘 생각해 봐야 한다고 덧붙였다.

그때 영규, 민재뿐 아니라 모두가 어리둥절한 얼굴로 아저씨를 봤다. 나도 마찬가지였다. 현재를 산다는 게 무슨 뜻인지, 사는 것과 살려는 것의 차이가 뭔지 알 수 없었다.

"같은 말 아니에요?"

별바라기 그룹의 한 형이 물었다.

"'살려고'는 미래형이잖아. 그러니까 현재를 사는 게 아니라 미래를 위해, 목적만을 향해 달리는 삶이지. 그래서 늘 현재는 스쳐 가기 때문에 봐도 보이지 않고, 들어도 들리지 않는 거야. 거리의 풍경도 주변의 아픈 사람도…'사는 것'은 말 그대로 현재를 사는 거야. 멈춰 서서 제대로 보고 느끼며 오늘, 지금을 사는 거지. 현재의 삶을 살아야 과거는 아름다운 추억이 될 테고, 미래 역시 아름답고 찬란할 수 있겠지."

그때 아저씨의 그 말이 참 멋지다고 생각했다.

방금 기호 형이 한 말은 그때 아저씨의 말과 닮아있었다.

기호 형은 그 아저씨에 비해 살아온 세월이 짧지만 이미 아저씨와 같은 경지의 생각을 하고 있었다. 흔들림 없는 형의 믿음과 단단한 생각들이 부러웠다.

나는 기호 형을 봤다. 조금 전까지 울분처럼 안타까움을 토해내던 형은 눈을 감은 채 색색 고른 숨소리를 내고 있었다. 그새 잠이 든 모양이었다.

'민재는 현재를 잘살고 있을까?'

핸드폰을 켜고 유튜브로 들어갔다. 구독 항목에서 민재의 유튜브를 눌렀다.

민재는 주기가 좀 느슨해지긴 했지만, 여전히 새로운 영상을 업로드하며 유튜버 활동을 하고 있었다.

'다행이다.'

마음이 좀 놓였다.

09
양면성

엄청난 양의 쓰레기 집 청소를 끝냈을 때였다.

"아우, 죽을 맛이네. 오늘처럼 힘들게 일했을 때는 에너지 보충 팍팍 해줘야 하는 거 아닌가요, 대표님?"

형이 춤추는 바람 인형처럼 온몸을 흐느적거리며 아저씨를 봤다.

그 모습이 웃겼지만, 너무 힘들어서 웃음도 나오지 않았다.

현관 입구부터 집 안 구석구석까지 켜켜이 쌓인 쓰레기더미를 치우는 일은 엄청난 노동이었다. 온몸에 밴 쓰레기 냄새와 땀 냄새 때문에 식당에도 갈 수 없어서 대충 빵으로 점심을 때운 터여서 나도 몹시 배가 고팠다.

"안 그래도 오늘은 단체로 체력 보강할 참이야. 사무실로 들어가자."

"오, 드디어 삼겹살 파티? 얼쑤 좋구나!"

형이 다시 바람 인형처럼 몸을 나풀대며 휘파람을 불었다.

언제나처럼 나는 아저씨의 옆자리에 탔다. 너무 피곤해서 저절로 눈이 감겼다.

아저씨가 흔드는 바람에 눈을 떴다. 잠깐 눈을 감았다고 생각했는데 벌써 사무실 주차장이었다.

사무실 마당에는 다른 팀들이 평상에 불판 여러 개를 놓고 고기 구울 준비를 하고 있었다.

"어서들 씻고 나오시오."

"오랜만에 신나게 먹어봅시다."

아저씨들이 우리를 향해 소리쳤다.

우리 일행이 시원하게 씻고 나왔을 때였다.

"아무래도 상추가 부족할 거 같은데. 기호야, 신참이랑 상추 좀 뜯어 와라. 우리가 고기 맛있게 굽고 있을게."

다른 팀 아저씨가 소리쳤다.

"분부대로 하겠습니다! 노릇노릇 잘 구워주세요."

기호 형이 소리치며 바구니를 들고 텃밭으로 향했다. 나도 뒤따랐다.

텃밭 상추들은 대가 쑥 올라와 자잘한 꽃망울을 맺고 있었다.

"상추도 이제 끝물이네. 봐서 이파리가 크고 야들야들한 것들만 골라 뜯어. 참, 상추 뜯어봤냐? 이렇게 엄지와 검지로 잎자루를 잡고 꺾듯이 뒤로 젖혀. 그럼 똑똑 끊어져."

형이 말하면서 상추 이파리 하나를 잡고 시범을 보여주었다.

형 말대로 엄지와 검지로 잎자루를 잡고 꺾듯이 뒤로 젖히니 잘 끊어졌다. 끊어진 줄기에서도 이파리 끝에서도 뽀얀 액체가 방울져 올라왔다.

문득 유튜브에서 본 식물 관련 내용이 떠올랐다. 식물도 스트레스를 받으면 비명을 지른다는 내용이었다. 가지가 잘리거나 물이 부족하면 팝콘을 튀길 때 나는 소리같이 '뽁뽁'거리는 소리를 낸다고 했다. 실험 중인 토마토에 물을 주지 않자 1시간에 40차례 이상 소리를 내며 시끄러운 반응을 보였단다. 고주파로 측정한 소리를 들으니 신기하면서도 소름이 돋았다. 식물들이 우리가 들을 수 있을 정도의 소리를 낸다면 가뭄인 해에 온 산과 들은 비명으로 가득 찰 것이다. 상상만으로도 섬뜩했다. 그런 소리를 들을 수 없는 만큼의 청각을 준 신이 놀라웠다.

'이 상추들도 지금 비명을 지르고 있는 건 아닐까?'

"선우야!"

갑자기 형이 내 이름을 불렀다.

상추 이파리의 뽀얀 액체를 들여다보다 말고 놀라서 형을 봤다. 형이 '신참'대신 이름을 부른 건 처음이었다.

"내가 궁금한 건 못 참는 성격이라서 말이야. 솔직히 말해봐. 너 대표님이랑 무슨 사이야?"

형의 은근한 목소리를 들으며 '또 그 소리네' 싶었다.

"딱히 닮은 점이 없으니 역시 친척은 아닌 거 같고… 아무래도 네 아빠가 대표님 친구분이실 거 같은데, 맞지?"

'딱히 닮은 점이 없으니'

그 말이 머릿속에 걸려들었다.

지극히 당연한 말이다. 아저씨와 나는 남남이니 닮은 점이 있을 턱이 없다. 그런데도 이상하게 가슴이 아릿해 왔다. 동시에 불편한 감정이 훅 밀고 올라왔다.

나는 형이 알아채지 못하게 코로 숨을 들이마셨다가 천천히 내뱉었다. 올라왔던 감정이 날숨을 타고 사르르 몸을 빠져나갔다.

'새아빠라고 말할까?'

잠깐 그런 생각이 들었다. 하지만 그건 아닌 거 같았다. 아저씨가 밝히지 않은 걸 내가 굳이 말할 필요는 없다. 알아봐야 서로 부담스럽기만 할 것이다.

"왜요? 또 뭐가 이상한데요?"

시선을 상추로 돌리며 최대한 아무렇지 않은 척 물었다.

"특별한 사이가 아니고야 너를 그렇게 챙겨 줄 리가 없잖아."

'나를 챙겨 준다고?'

정말 생뚱맞은 말이었다. 도대체 무슨 근거로 그리 말하는지 이해할 수가 없었다.

"억지 부리지 마세요. 챙겨 주긴 뭘 챙겨줘요."

"얘가 뭘 몰라도 한참 모르네. 저번에 할아버지의 고독사 현장만 해도 그래. 대표님이 전날 미리 소독·탈취 작업에 현장 정리까지 해놓으셨잖아. 유튜브 좀 찾아봐. 사람이 죽은 자리가 얼마나 끔찍한지. 나처럼 어느 정도 이력이 나면 모를까 한동안 밥도 못 먹어."

형이 진지한 얼굴로 말했다.

"상추, 멀었냐? 뭘 그리 오래 뜯어. 뜯어서 팔러 가게?"

털보 아저씨가 우리를 향해 소리쳤다.

"지금 갑니다, 가요! 이 정도면 되겠다. 그만 가자."

형이 바구니를 들고 일어섰다.

흐르는 물에 상추를 후다닥 씻었다.

형이 상추 바구니를 들고 평상으로 향하자, 나는 수돗가에 앉아 핸드폰을 켰다. 유튜브를 열고 '고독사'를 검색하자 관련 동영상들이 좌르르 떴다.

"신참, 뭐해? 빨리 와!"

막 플레이 버튼을 누르려는데 기호 형이 소리쳤다.

"그래, 어서 와라. 우리 일은 체력이 능력이야!"

털보 아저씨도 목청을 보탰다.

하는 수 없이 평상으로 향했다. 노릇노릇 구운 고기가 접시에 수북했다.

입에 침이 고이면서 잊고 있던 허기가 몰려왔다.

고기쌈을 싸서 입 안 가득 밀어 넣었다. 여태 이렇게 맛있는 고기를 먹어본 적이 있나 싶을 만큼 맛있었다.

아저씨들은 서로 술잔을 기울였고 기호 형도 행복한 얼굴로 맥주를 마셨다.

"목 안 마르냐? 너도 한잔할래? 맥주야 음료수지 뭐."

기호 형 말에 아저씨가 까만 봉지를 내 앞으로 밀었다.

봉지를 펼치니 페트병 사이다가 들어 있었다. 컵에 사이다를 따라서 마시다가 기호 형이랑 눈이 마주쳤다. 형은 계속 나와 눈을 맞추려고 했는지 눈이 마주치자마자 히죽 웃으며 눈을 찡긋거렸다.

'거 봐, 내 말이 맞지?'

형 눈은 이렇게 말하고 있었다. 얼른 형한테서 고개를 돌렸다.

다시 왁자하니 술잔이 오가고 부지런히 고기가 구워졌다.

"신참, 아르바이트 소감 좀 들어보자. 이 일 해 보니 어땠냐?"

털보 아저씨의 말에 모두의 눈길이 나한테 쏠렸다.

갑자기 시선이 몰리니 긴장이 됐다.

"그렇다고 쫄지 말고. 이러면서 서로 마음을 트는 거야. 나만 힘든 게 아니구나, 힘도 얻고."

다른 팀 아저씨가 덧붙였다.

아르바이트, 힘들었지만 쓰레기로 꽉 찬 집이 내 손에 의해 깨끗이 비워져서 새롭게 태어나던 순간의 기쁨, 해방감이 떠올랐다. 사람 손의 위대함을 눈으로 확인하는 순간이기도 했다. 하지만 겨우 몇 번 작업에 참여하고 그런 말을 하기가 좀 그랬다.

"아니면 궁금한 것들 물어도 좋고."

내가 뭉그적거리고 있자 털보 아저씨가 다시 말했다.

계속 입을 닫고 있긴 좀 그랬다. 분위기를 깨는 거 같아서.

"고독사 현장을 정리할 때… 안 무서운지… 궁금해요."

"허, 너도 그 질문이냐? 이 일을 하면서 가장 많이 받는 질문이 바로 그거지. 그런데 무섭다기보다는 괴롭지. 지독한 냄새와 끔찍한 현장 모습 때문에. 그리고 마음 아프고. 아무래도 슬프고 안타까운 사연을 가진 고인들이 많으니까."

털보 아저씨의 말에 다른 분들이 저마다 고개를 끄덕였다.

"아우, 먹을 때는 그런 얘기 그만하죠! 저도 한마디 해도 돼요? 원하는 거 있는데."

기호 형이 손을 번쩍 들며 아저씨와 털보 아저씨를 번갈아 봤다.

"넌 한마디 안 해도 되는데. 왜, 또 뭔 요구를 하려고?"

털보 아저씨의 말에 기호 형이 들고 있던 맥주잔을 얼른 비웠다.

"저, 여기 너무 좋아요. 더이상 사무실 이사 안 가고 여기서 쭉 있으면 좋겠어요. 이사, 정말 지긋지긋해요."

형이 얼굴을 있는 대로 찡그렸다. 이사가 정말 싫은 모양이었다.

"허, 누가 들으면 어지간히 오래 일 한 줄 알겠네."

"그러게요. 이래서 번데기 앞에서 주름잡는다는 말이 나온 거지."

털보 아저씨의 말에 다른 팀 아저씨가 맞장구를 쳤다.

"왜들 이러세요. 저도 이제 4년 차라고요!"

"벌써 그렇게 됐나? 하긴 하루 만에 나가떨어지는 사람이 부지기수니까 그만하면 어깨 펼 만은 하지."

털보 아저씨가 형의 어깨를 톡톡 두드리며 웃었다.

"이사가 잦긴 해. 1년에 2~3차례는 했지 아마."

다른 아저씨의 말에 너나없이 고개를 끄덕였다.

아저씨는 집게로 고기를 뒤집으며 듣기만 했다.

"그렇다니까요. 정들만하면 이사하고, 정들만하면 또 이사하고… 어휴, 정말 지쳐요."

형이 얼굴을 찡그리며 진저리치듯 몸을 떨었다.

"이사가 싫으면 안 가면 되잖아요."

나는 형 귀에다 소곤대듯 말했다. 이사하기 싫은데 왜 이사해야 하는지 이해가 되지 않았다.

"하하, 신참이 이사가 싫으면 안 가면 되지 않느냐고 하는데요?"

형이 모두를 향해 큰 소리로 말했다.

순간 모두 와하하 웃으며 나를 봤다. 뜻밖의 웃음과 눈길에 얼굴이 뜨거워 왔다.

"그럴 수 있으면 얼마나 좋겠냐! 그게 안 되니까 그렇지."

누군가 말했다.

"대표님, 이 신참 누가 데려왔대요? 교육 좀 시켜야 하는 거 아닌가? 이참에 제가 좀 시킬까요?"

형이 아저씨를 향해 장난스럽게 웃었다.

다들 기호 형의 말에 긴장하거나 놀라는 기색이 없었다. 나는 당황해서 아저씨를 흘깃 봤다. 아저씨는 술 때문에 붉어진 얼굴로 빙긋 웃고만 있었다.

대표인데도 스스럼없이 농담을 던지는 걸 보면 직원들에게 아저씨는 그리 어려운 분이 아닌 모양이었다.

"우리야 절대 이사 안 하고 싶지. 그런데 이웃들이 싫어하니 어쩌겠어. 사무실뿐 아니라 근처에 차량이 있는 것조차 싫어해. 누군가의 유품을 정리한다는 이유로 말이지."

다른 팀 아저씨가 말했다.

그제야 모든 게 이해가 됐다. 아르바이트를 오래 한 건 아니지만 그때마다 이웃 사람들의 불편한 시선을 느꼈었다.

"그냥 싫어만 하면 다행이지. 수시로 민원을 제기하니 문제지. 덕분에 우리 대표님, 매번 똑같은 말을 되풀이해야 하고… 옆에서 지켜보는 나도 그때마다 어쩔 수 없이 기운이 빠지더라고."

털보 아저씨의 목소리에는 이력이 난 듯 나른함이 묻어 있었다.

"맞아요. 일보다는 사람들의 시선이 더 불편하고 힘들어요. 태어나면 언젠가 죽음을 맞는 건 당연한 거고, 누군가는 그 현장을 정리해야 하잖아요. 꼭 필요한 직업인데도 푸대접받을 때는 정말 속상해요."

여기저기서 웅성거리며 푸념을 쏟아냈다.

"어느 분이 우리를 '고인의 이사를 돕는 사람들'이라고 하더군.

맞는 말이야. 그 어떤 직업보다 숭고한 일이라고 생각하네. 일이라는 게 즐겁기만 한 건 없잖아. 다 양면성이 있는 거지. 그러니 남들이 뭐라던 좋은 면을 보면서 일했으면 싶네. 분명히 이 직업만이 주는 보람과 기쁨이 있으니까."

아저씨가 모두를 향해 말했다.

말투에서 강한 자부심이 느껴졌다. 듣고 있으니 저절로 어깨에 힘이 갔다.

"역시 대표님이야! 맞아, 누가 뭐라던 우리 생각이 중요한 거지. 게다가 여긴 주위에 온통 나무뿐이니 민원 넣을 사람도 없단 말이지. 이사 걱정은 날리고 맛있게 먹자고!"

털보 아저씨가 맞장구를 치며 술잔을 높이 들었다.

"좋아요, 이사 끝!"

형이 덩달아 맥주잔을 높이 들었다.

"이사 끝!"

너도나도 한 마디씩 보태며 술잔을 부딪쳤다.

가라앉았던 분위기는 금세 밝고 힘차게 돌아섰다.

아저씨의 '양면성'이란 말에 도보여행 중에 만났던 애매한 아저씨가 떠올랐다.

할아버지라고 부르기엔 젊고, 아저씨라고 부르기엔 늙었다며 민재가 붙인 별명이었다.

애매한 아저씨가 그러셨다. 우리는 누구나 자기 몫의 짐을 지고 살아간다고. 그런데 모든 것에 양면성이 있듯 짐도 마찬가지라고 했다. 하루빨리 벗어버리고 싶은 버거운 짐이 될 수일도 있지만, 나를 살게 하는 힘이요 기쁨이 될 수도 있단다. 이왕 짊어져야 할 짐이라면 나를 살게 하는 힘으로, 즐거움으로 받아들이면 좋겠다고 하셨다.

그때 애매한 아저씨가 참 현명하다는 생각을 했었다. 같은 일도 양면 중 어느 쪽에 내 마음을 두느냐에 따라 행복하게도 불행하게도 느껴질 터였다.

애매한 아저씨와 같은 생각을 가진 아저씨가 멋져 보였다.

10
현관문이 예쁜 집

"위치 알지? 둘이 먼저 가."

아저씨의 말에 형이 나를 향해 따라오라는 눈짓을 했다.

오늘 작업할 곳은 동네라고 했던 아저씨 말이 떠올랐다.

형은 사무실을 나와 마을버스 차고지를 지나 공원 있는 쪽으로 걸었다. 나도 따라 걸었다.

"당분간 비 소식은 없네."

형이 핸드폰 화면을 이리저리 넘기며 말했다.

"휴가 가요?"

"휴가는 무슨. 일해야지."

"그런데 날씨는 왜요?"

형이 고개를 들고 나를 빤히 봤다. 그러다 이내 천천히 고개를 끄덕였다.

"하긴 넌 모르겠구나. 비 오는 날 알바 한 적이 없어서. 사무직을 빼고 대부분 직업이 날씨 영향을 많이 받잖아. 그런데 우리 일은 특히 더 그래. 피와 오염물로 뒤덮인 쓰레기는 비 오는 날이나 흐린 날에 냄새가 훨씬 심하거든. 그런 날은 당연히 이웃의 불만도 커질 수밖에 없지. 겹겹이 밀봉해도 고약한 냄새는 빠져나오니까. 탈취제를 뿌려대도 소용없을 만큼. 그래서 비 오는 날의 작업은 미치게 힘들지."

형 말을 들으니 작업 특성상 날씨에 민감할 수밖에 없겠구나 싶었다.

다행히도 나는 비 오는 날에 작업한 적이 없었다. 그동안 비가 안 온 건 아니지만 용케도 내가 아르바이트 나간 날엔 비가 오지 않았다.

"이 일 하다 보면 매일 눈 뜨자마자 습관적으로 일기 예보를 보게 돼. 저녁에 잠자리에 들기 전에도 그렇고. 물론 대표님이 일기 예보를 봐가며 작업 일정을 잡지. 그래야 일하는 우리도, 주변 이웃들도 덜 힘들 테니까. 하지만 날씨라는 게 기상 조건에 따라 시시각각 변하는 거잖아."

그러고 보니 아저씨도 일기 예보 때마다 텔레비전 화면을 뚫어지게 봤었다.

날씨에 유난히 관심이 많다고만 생각했는데 다 직업 탓이었던 거다.

"비 오는 날엔 일해 본 적이 없어서 몰랐어요. 날씨 영향이 그렇게 큰지."

내 말에 형이 눈을 빛내며 나를 봤다.

"그게 왜 그렇겠냐? 네가 운이 좋아서?"

나는 고개를 끄덕였다. 그것도 운이라면 운일 테니까.

형이 갑자기 깔깔대며 웃었다. 너무 신나게 웃어서 나도 따라 웃음이 나왔다.

"얘가, 장단 맞춰주니까 진심인 줄 아네. 정신 차려. 그건 다 대표님의 배려 덕분이야!"

'아저씨의 배려?'

"너 그것도 모르지? 네가 알바 나오는 곳은 대표님이 늘 미리 와 보신다는 거."

이건 또 무슨 말일까? 왜 미리 와 본다는 거지?

"무슨 뜻인지 몰라? 너 알바 시킬 때는 날씨뿐 아니 현장도 골라서 한다는 거야. 특혜지 특혜! 대표님이랑 무슨 사이인지는 몰라도 정말 부럽다 부러워!"

형이 걸어가며 내 등을 툭툭 쳤다.

'날씨뿐 아니라 현장도 골라서 시켰다고?'

그 말은 사실인 거 같았다.

저번에 상추 뜯으며 형이 유튜브를 찾아보라기에 그날 밤 검색해 봤었다. 고독사나 특수청소 관련해서 수많은 동영상이 떴다. 형 말대로 현장 영상들은 혈흔, 부유물, 바글대는 구더기, 파리떼로 처참했다. 영상을 보는 것만으로도 구역질이 나왔다. 한동안 뭘 먹으려고 할 때마다 그 영상이 떠올라 힘들었다.

'하지만 아저씨가 왜? 안 시켜도 되는 알바를 부러 시키면서?'

고개가 갸웃거려졌다.

늘 무뚝뚝하고 관심 없던 분이 나 모르게 신경 쓰고 계셨다는 사실이 이해되지 않았다. 내가 힘든 아르바이트에 지쳐 알아서 가출하기를 바란 게 아니었나? 물론 어렴풋이 그게 아닌지 모르겠단 생각은 했다. 정말 그런 마음이라면 내가 힘들든 말든 날마다 현장으로 끌고 갔을 테지만 늘 3~4일씩 간격을 두었다. 아저씨가 입 밖으로 말하진 않았지만 쉬면서 회복할 수 있는 시간을 준 거라 느꼈다. 그런데 날씨에 현장까지도 골라서 시켰다니, 그건 형 말대로 특혜고 챙김이었다.

'왜 나한테 그렇게까지? 알바 시키는 다른 이유가 있는 걸까?'

머릿속이 복잡해졌다.

공원을 지나 골목을 내려가던 형이 우리 집 못 미쳐 옆 골목으로 방향을 틀었다.

아저씨가 작업 현장이 동네라곤 하셨지만, 우리가 사는 빌라 근처일 거라고는 생각하지 못했다.

갑자기 기분이 묘해졌다. 어쩌면 길을 오가며 한두 번 마주친 분일 수도 있을 거 같았다.

"저 집이야. 엊그제 대표님이 작업 전에 미리 둘러보러 간다며 같이 가자고 하셨거든."

형이 모퉁이에 선 아담한 빌라를 가리키며 말했다.

빌라 입구로 들어서자 지하로 가는 계단이 보였다. 무심코 지하 현관문을 바라보다 입이 떡 벌어졌다.

연두색 문에 흐드러지게 핀 연분홍 꽃나무 한 그루와 그 위로 날고 있는 작은 새 한 마리 때문이었다. 여태 이렇게 화사하고 예쁜 문은 처음이었다. 보는 것만으로도 누구나 기분이 좋아질 그런 문이었다. 그래서 안으로 들어가고 싶게 만드는 문이었다.

게다가 현관문 한쪽에 놓인 항아리 꽃병에 낱개 포장된 장미꽃 여러 송이가 꽂혀 있었다. 분홍색 빨간색, 노란색… 색도 다양했다.

"어, 저 꽃병은 뭐지? 저번에 왔을 땐 분명 없었는데."

형이 지하 계단을 내려가며 말했다.

그 순간 오늘 작업할 곳이 바로 이 집이구나 싶었다.

오늘 할 일도 고인의 유품을 정리하는 일이라고 했다. 그러니 이 집주인 역시 고독하게 살다 세상을 떠난 분이 틀림없었다.

"이런 문 처음 봐요."

"그렇지? 나도 이렇게 예쁜 문은 처음이야. 이 문 보고 나니까 나도 내가 매일 여닫는 문을 근사하게 꾸미고 싶다는 생각이 들더라."

형이 가볍게 어깨를 들썩이더니 잠금장치 비밀번호를 눌렀다.

띠릭, 소리와 함께 문을 당겼다. 순간 정신이 번쩍 들면서 나도 모르게 형 팔을 잡았다.

"그냥 들어가게요? 장비 착용 안 하고요?"

"오, 제법 프로냄새가 나는걸. 이 집은 마스크랑 장갑 정도면 돼. 오늘은 완전 꿀 알바일 거다. 흐흐흐."

형이 현관문을 활짝 열어젖히며 웃었다.

확 달려들 익숙한 냄새를 떠올리며 반사적으로 상체가 뒤로 젖혀졌다.

"쫄기는! 괜찮다니까."

형이 그런 나를 향해 웃으며 전기 스위치를 올렸다. 희뿌연 어둠에 잠겨 있던 방 안이 환하게 모습을 드러냈다.

"아!"

나도 모르게 탄성이 터져 나왔다. 예쁜 현관문에 딱 어울리는 예쁜 집이었다.

살림살이가 거의 없는 거실 내부는 넓고 환했다. 벽지가 연분홍색이라 더 화사해 보였다.

마치 입주를 기다리는 새집 같았다. 게다가 반지하라 그런지 시원했다.

"유품 정리라던데 왜 이렇게 깨끗해요?"

"병원에서 돌아가셨대. 여기는 살았을 때 머문 장소인 거지."

형 말에 나도 모르게 마음이 놓였다.

벽 한쪽 옷걸이에 여자 옷 몇 벌이 걸려 있었다. 방주인은 역시 여자였다.

“이 집주인 참 멋진 분이다. 우리한테 편지도 남기셨어.”

형이 말하면서 식탁으로 향했다.

식탁에는 종이 한 장이 놓여 있었다. 형이 그걸 집어서 내 앞으로 내밀었다.

꽃 편지지에 쓴 글씨는 반듯하고 예뻤다.

유품정리사님들께

어려운 일 부탁드려 죄송합니다.

쓸만한 물건들은 미리 이웃분들께 나눠드렸어요.

죽은 뒤엔 유품이라 께름칙할 수 있지만

살아서 주면 선물이 될 거 같아서요.

나머지는 모두 처분해 주세요.

하고 싶었던 일들 원 없이 하며 살았기에

후회 없는 행복한 삶이었어요.

그러니 즐겁게 정리해 주세요.

감사합니다.

모두 내내 행복하세요.

– 이곳에 머물던 사람.

"이거, 우리한테 쓴 거라고요?"

"그렇다니까. '유품정리사님들께'라고 나와 있잖아. 이 일 하면서 이런 편지 처음 받아 봐. 마음이 너무 예쁘지 않냐? 현관문만큼이나."

형 말에 나도 고개를 끄덕였다.

'이곳에 머물던 사람'이란 분이 궁금했다. 어떤 분인지 보고 싶었다.

사진 둘 만한 곳을 찾아 두리번거렸다. 살림이 거의 없어서 고개만 휘익 둘러보아도 될 정도였다. 어디에도 액자 사진 같은 건 보이지 않았다.

그때 열어둔 현관문으로 아저씨와 털보 아저씨가 들어왔다.

"세상에, 이렇게 깔끔하고 예쁜 집은 처음 보네."

털보 아저씨도 집안을 돌아보며 감탄했다.

"그뿐 아니에요. 우리한테 편지까지 남기셨다니까요."

형 말에 나는 들고 있던 편지를 털보 아저씨에게 넘겼다.

편지를 읽는 털보 아저씨의 표정이 다양하게 바뀌었다.

"그렇지, 죽은 뒤엔 유품이라 께름칙해하지. 참 아름답고 현명한 분이시구먼. 우리 기분까지 가볍게 해주시고. 이런 분은 더 오래오래 사셔야 하는데. 그래야 세상이 더 환해지지."

털보 아저씨가 안타깝다는 듯 혀를 찼다.

"아프셨겠죠? 그러니까 병원에서 돌아가셨을 테죠."

형이 아저씨를 향해 물었다.

"그렇겠지. 평소에 늘 떠날 준비를 하고 계셨던 모양이야."

아저씨 목소리는 여전히 담담했다.

"어쨌든 다행이에요. 하고 싶었던 일들 원 없이 한 행복한 삶이셨다니까. 그런데 사진 한 장이 없네요. 어떤 분인지 궁금한데."

기호 형이 주위를 둘러보며 말했다.

"나도 궁금하네. 자네도 못 봤나? 의뢰할 때 봤을 거 아냐."

털보 아저씨가 아저씨에게 물었다.

"전화로만 했지."

아저씨의 말에 털보 아저씨가 아쉬운 듯 고개를 끄덕였다.

우리는 아쉬움을 접고 작업 구역을 나눠서 각자 위치로 향했다.

나는 옷걸이에 걸린 옷들을 착착 개어 폐기물 봉투에 담았다.

따뜻한 편지 덕분에 고독사 할아버지나 고시원의 자살 현장을 정리할 때와는 분위기가 달랐다. 다들 가볍고 밝은 얼굴이었다.

"수납장도 텅텅 비었어요. 와, 이렇게까지 마음을 비우는 게 가능할까요?"

형이 싱크대 수납장을 활짝 열어젖히며 말했다.

정말 수납장이 텅 비어 있었다. 냄비와 바구니, 국그릇과 밥그릇, 접시 몇 개가 포개져 있을 뿐이었다.

"쉽지 않지만, 가끔 놀라운 분들이 계시긴 해. 자살 직전까지 쓰레기를 분리해서 봉투에 담은 분도 계셨지. 그럴 때는 더 안타깝더라."

털보 아저씨가 한숨을 내쉬었다.

똑똑,

문 두드리는 소리에 모두 고개를 돌렸다.

나이 든 아줌마가 현관으로 들어섰다.

"수고들 많으세요. 아직 물건 다 뺀 거 아니죠?"

아줌마의 말에 모두 어리둥절해져서 서로를 봤다.

"아, 세탁기 가지러 왔어요. 연화 씨가 세탁기 가져가라고 연락했는데 하필 아들네 볼일이 있어서 며칠 머무르느라 못 왔지요."

아줌마가 얼른 덧붙였다. 집주인 이름이 연화인 모양이었다.

"네, 그런데 이 집주인 분 돌아가셨는데……."

털보 아저씨가 말끝을 흐렸다.

"알아요. 그래서 작별 인사로 다들 꽃 한 송이씩 갖다 놨잖아요."

아줌마가 현관 입구로 눈길을 보내며 말했다.

입구에 놓인 꽃병이랑 꽂혔던 여러 송이의 꽃이 떠올랐다. 집주인만큼이나 이웃들도 아름답게 느껴졌다.

"세탁기 따로 빼놔주실 수 있을까요? 이따 사람 불러서 가져갈게요."

"그럴 필요 없이 지금 저희가 옮겨 드릴게요."

"어머나, 그래 주시면 너무 감사하지요."

아줌마가 활짝 웃었다.

아저씨와 털보 아저씨가 세탁기가 있는 화장실로 향했다.

나와 형은 맡은 구간을 마저 정리해 나갔다.

"벌써 가기엔 참 아까운 사람이에요. 어찌나 밝고 씩씩한지 아픈 사람인 줄도 몰랐다니까요. 생각도 깊어서 죽고 나서 가져가면 께름칙해할까 봐 미리 찜해 놨다 연락하면 와서 가져가라고 했지요. 현관 비밀번호까지 알려주면서."

아줌마가 거실 안을 둘러보며 말했다.

그 사이 아저씨와 털보 아저씨가 세탁기를 들고나왔다.

"앞장서세요. 댁으로 옮겨 드릴게요."

아저씨의 말에 아줌마가 서둘러 현관문을 나갔다.집주인 아줌마가 정말 지혜롭고 아름다운 분이구나 싶었다. 고인의 물건을 즐겁게 가져가는 아줌마도 아름다워 보였다. 그래서인지 어둡고 우울하게만 느껴지던 '죽음'이 조금은 밝고 경쾌하게 느껴졌다.

세탁기를 옮겨주고 온 아저씨와 털보 아저씨는 안방 짐부터 빼기 시작했다.

"아이쿠, 이게 뭐야! 귀한 사진이 여기 있었네."

털보 아저씨의 목소리에 형이 하던 일을 멈추고 안방으로 종종걸음쳤다. 궁금해서 나도 얼른 뒤따랐다.

두 분은 침대에서 매트리스를 빼내는 중이었다. 사진이 침대 틈에 떨어져 있었던 모양이었다.

"어디 좀 봐요. 어떻게 생겼어요?"

기호 형이 털보 아저씨한테서 사진을 넘겨받았다.

"두 분 중에 어느 분이실까?"

형이 나에게로 사진을 내보이며 중얼거렸다.

궁금해서 나도 사진으로 고개를 디밀었다.

흰 파마머리의 할머니와 나이 든 아줌마가 볼을 맞대고 활짝 웃고 있었다. 커트 머리의 아줌마 얼굴을 보는데 왠지 낯이 익었다.

'이분은….'

나는 심호흡을 하고 눈을 더 크게 떴다.

웃을 때 올라가던 입꼬리, 눈… 아무리 봐도 해바라기 아줌마였다.

지금보다 젊고 짧은 커트 머리였지만 분명 그 아줌마였다. 소름이 돋으면서 가슴이 서늘해 왔다.

"왜, 아는 분이야?"

이상한 낌새를 느낀 듯 형이 물었다.

나는 아무 말도 할 수 없었다.

며칠 전 아줌마를 만난 날이 떠올랐다.

아르바이트 안 가는 날이라 고양이 사료 하나를 사서 언덕길을 올라가는 중이었다.

그때 남의 집 대문 앞 계단에 몸을 기댄 채 눈을 감고 앉아 있는 해바라기 아줌마가 눈에 들어왔다. 아줌마가 눈 뜨기 전에 얼른 벗어나려고 걸음을 빨리했다.

"낭만 학생!"

아줌마 목소리에 걸음을 멈췄다.

아줌마가 나를 보고 있었다. 언제나처럼 웃고 있었지만, 얼굴이 창백해 보였다.

"네? 저요?"

낭만 학생이라니, 사람을 잘못 본 게 아닐까 싶어 물었다.

"라디오 찾아갔다며? 오래된 물건이라던데 수리할 수 있어서 다행이야."

그 말에 잘못 본 건 아니구나 싶었다.

"나 좀 부축해 줄 수 있겠어?"

"어디 아프세요?"

나는 아줌마 쪽으로 다가가며 물었다.

"그냥 기운이 좀 없어서."

아줌마가 힘겹게 일어나기에 얼른 팔을 잡아드렸다.

아줌마는 팔을 빼서 내 어깨에 둘렀다. 그제야 아줌마 키가 상당히 크다는 걸 알았다.

"학생 이름 물어도 돼?"

아줌마가 걸음을 옮기며 물었다.

"선우예요."

"예쁜 이름이네. 분위기랑 잘 어울려. 동생이랑은 분위기가 많이 다르지만."

아줌마가 멈춰 서서 길게 숨을 들이마셨다 내쉬었다. 나는 그대로 선 채 아줌마 호흡이 안정되기를 기다렸다.

"나, 학생 볼 때마다 해주고 싶은 말이 있었는데. 해도 돼?"

'지금? 기운 없다면서?'

생뚱맞다는 생각이 들었지만, 고개를 끄덕였다.

도대체 무슨 얘기기에 나를 볼 때마다 해주고 싶었는지 궁금했다.

"내가 살아보니까 인생은 고민의 연속이더라. 한 가지 문제를 해결하면 금방 또 다른 문제가 생기지… 그런데도 우리는 당장 그 문제만 해결하면 앞으로 행복만 있을 것처럼… 온 힘을 다해 거기에 매달리지. 그런데 아니거든… 살아 있는 한 새로운 문제, 새로운 고민은 계속 나와… 그래서 수없이 많은 기쁨 행복이 있어도… 그 문제, 그 고민에만 집중하며 우울해하지."

아줌마는 숨이 가쁜지 중간중간 말을 끊었다 했다.

마침내 멈춰 서서 숨을 깊이 들이마셨다 천천히 내쉬었다.

아줌마의 입에서 나온 말은 뜻밖이었다. 고민이라곤 없는, 깃털처럼 가벼운 삶일 거라 생각했다. 그런데 고민을 넘어 초월한 경지에 이른 느낌이었다.

아줌마가 다시 걸음을 옮겼다.

"그러니까 내 말은, 고민을 너무 깊게 하지 말라고… 죽을 듯이 고민해서 선택한 길도 100% 만족스러운 건 없거든. 안 가본 길에 대한… 미련처럼 늘 얼마쯤의 후회는 남는다는 거지… 그러니 좀 가볍게 걸어가도 좋겠단 말을 하고 싶었어. 볼 때마다 고민이 많아

보여서… 이런 말 하면 꼰대니?”

아줌마가 걸음을 멈추고 나랑 눈을 맞추었다. 동그랗게 뜬 눈이 참 맑고 깊었다.

“이런~ 더 어수선해진 얼굴이네. 그냥 그렇다고. 낭만 학생 집 다 왔네. 고마워.”

아줌마가 우리 집 빌라 앞에서 어깨에 둘렀던 필을 풀며 말했다.

“댁까지 모셔다드릴게요.”

“아냐, 괜찮아. 나 오늘 소원 하나 풀어서 엄청 기쁘다! 이렇게 부축받는 거 꼭 한번 해보고 싶었거든.”

아줌마가 활짝 웃으며 손을 흔들었다. 조금 전과는 딴판으로 밝고 씩씩했다.

‘뭐야, 지금 아줌마한테 속은 거야?’

나는 어리벙벙해져서 아줌마의 뒷모습을 우두커니 바라봤었다.

‘그때 정말 아픈 거였구나. 장난인 줄만 알았는데….’

가슴에서 찌릿한 통증이 밀려왔다. 목도 따끔거렸다.

아줌마는 돌아가시기 전에 나한테 정말 그 말을 해주고 싶으셨던 거다. 그래서 아픔을 참으며 그 말씀을 하셨던 거다. 너무 고민하며 살지 말라고, 가볍게 좀 살라고.

후드득 눈물이 떨어졌다.

“평소에 늘 떠날 준비를 하고 계셨던 모양이야.”

아저씨의 말이 머릿속을 울렸다.

마주칠 때마다 밝고 환하게 웃던 아줌마의 모습이 떠올랐다. 아줌마의 모습은 이내 환히 웃는 할머니 모습으로 바뀌었다가 쓸쓸하게 웃던 엄마 모습으로 바뀌었다.

눈물이 쉬지 않고 쏟아졌다. 다리에서 힘이 빠져나갔다. 털썩 주저앉았다.

"너, 왜 그래? 무슨 일이야?"

형이 놀라서 물었다.

가슴속에서 용암 덩이처럼 뜨거운 것이 끓어오르며 휘몰아쳤다. 그것들이 목을 타고 올라와 울음이 되어 목구멍 밖으로 터져 나왔다. 깨진 파이프를 뚫고 치솟는 물줄기처럼 마구 쏟아져 나왔다.

"울고 싶을 때는 우는 게 좋아."

아저씨가 내 등을 가만가만 쓸어주었다. 등에 닿는 손길이 부드러웠다.

11 아저씨

해바라기 아줌마가 머릿속에서 떠나질 않았다.

평소의 밝고 힘차던 모습과 남의 집 대문 앞 계단에 힘없이 기대 앉은 모습이 차례로 아른거렸다.

하고 싶었던 일들 원 없이 하며 살았기에
후회 없는 행복한 삶이었어요.

아줌마의 편지글도 떠올랐다.

그렇게 아픈데도 정말 후회 없는 행복한 삶이었을까?

엄마는 심장이 안 좋아서 수술했지만 몇 년 후 재발했다고 했다. 그 때문인지 엄마가 행복하게 웃는 모습을 본 기억이 없다. 엄마는 그 아줌마처럼 행복한 순간이 없었을까?

똑똑, 소리와 함께 방문이 열렸다.

"사무실 들렀다 자락길 좀 걸을 생각인데. 너도 같이 갈래?"

아저씨가 물었다.

오늘은 쉬는 날인 모양이었다.

그다지 움직이고 싶지 않았지만, 아저씨가 아르바이트 말고 어딘가를 같이 가자고 한 적이 없었다.

'하실 말씀이 있는 걸까?'

나는 모자를 푹 눌러쓰고 아저씨를 따라나섰다.

언제나처럼 아저씨가 앞서 걷고, 나는 한 발짝 뒤에서 걸었다.

아저씨는 그날 내가 왜 울었는지 묻지 않았다. 물었다면 난감했을 것이다. 나도 내가 왜 울었는지 모른다. 그러니 딱히 설명할 방법이 없었다. 하지만 그렇게 울고 나니 속이 시원했다. 뭉쳐있던 덩어리가 사그라진 것처럼.

갑자기 아저씨가 걸음을 멈추더니 나랑 나란히 걸었다.

"이렇게 걸으니 좋구나. 너도 나랑 나란히 걷는 게 좋다고 느꼈으면 좋겠다."

아저씨가 말했다.

무슨 말이든 대꾸하고 싶었지만 아무 말도 할 수 없었다. '저도 좋아요'라고 대답하기에는 사실 불편하고 부담스러운 마음이 더 컸다. '네, 그런 날이 왔으면 좋겠어요.'라고 말할 수도 없었다. 그럼 지금은 불편하다는 말이 될 테니. 그렇다고 '아저씨는 저랑 나란히 걷는 게 왜 좋은데요?'라고 물을 수도 없었다. 나는 하나도 안 좋은데 아저씨는 왜 좋으냐는 질문으로 들릴 수도 있을 거 같았기 때문이다. 나란히 걷는 게 조금 불편하고 부담스러웠지만 싫지는 않았다. 아저씨 뒤에서 따라갈 때는 목줄 한 강아지처럼 억지로 끌려가는 기분이었지만 나란히 걸으니 존중받는 느낌이 든다고 할까.

우리는 마을버스 차고지에서 오른쪽으로 방향을 틀었다. 얼마쯤 올라가자 '특수청소업체'라고 적힌 건물이 나왔다.

주차장에는 우리 팀 작업 차량만 서 있었다. 다른 팀들은 오늘도 작업을 나간 모양이었다.

"텃밭 정리하는 동안 평상에 좀 앉아 있을래? 얼마 안 걸릴 거야."

아저씨는 이렇게 말하고 창고에서 장갑을 꺼내 텃밭으로 향했다.

혼자 우두커니 앉아 있기도 그래서 나도 텃밭으로 걸음을 옮겼다.

며칠 전 꽃망울이 맺혔던 상추들은 그새 꽃을 노랗게 피웠다. 쑥 자란 줄기 끝에서 분수처럼 퍼지며 핀 상추꽃은 그걸로 한 다발의 꽃이 되었다.

"상추꽃이 예뻐요."

아저씨가 눈을 반짝이며 나를 봤다.

"그렇지? 씨받이용으로 몇 그루만 남기고 뽑아낼 생각이었는데 질 때까지 꽃으로 좀 더 봐야겠다."

아저씨는 장갑을 벗고 상추와 고추에 물을 주었다.

일 다녀와서도 아저씨는 잡초를 뽑아내고 물을 주며 늘 텃밭을 돌봤다. 힘들게 일한 날도 마찬가지였다. 상추나 고추가 비싼 것도 아니니 사 먹으면 될 텐데 굳이 텃밭에서 키우는 게 이해되지 않았다. 나라면 그 시간에 잠을 자거나 쉴 거 같았다.

"텃밭 가꾸시는 거, 힘들지 않으세요?"

나는 조심스럽게 물었다.

"이건 내가 숨을 쉬기 위한 방법이야."

'숨을 쉬기 위한 방법?'

뜻밖의 대답에 어리둥절해져서 아저씨를 봤다.

"고독사나 사고사 현장은 대부분 처참해. 자주 마주하지만 그렇다고 충격이 없는 건 아니야. 작업이 끝나고도 계속 머릿속에 남아 있지. 잠자리에 들면 더 그래."

유튜브에서 본 영상들이 떠올랐다. 아저씨 마음을 알 거 같았다. 아르바이트하고 돌아온 날이면 거기서 본 장면과 그들의 삶이 머릿속에서 떠나질 않았다. 아저씨는 끔찍한 더 많은 현장을 볼 것이다. 그러니 그 충격은 더 깊고 오래갈 것이다. 그동안 특별히 힘든 내색을 하지 않으셨기 때문에 아저씨는 아무렇지 않은 줄 알았다.

"그런데 이렇게 텃밭을 가꾸고 꽃을 가꾸노라면 모든 걸 잊게 돼. 머릿속이 맑게 정화된다고나 할까. 그래서 다시 꿋꿋이 현장으로 나갈 수 있는 거지. 베란다에서 식물을 키우기 시작한 것도 그 이유 때문이야. 텃밭이야 사무실을 여기로 옮기면서부터니까 얼마 안 됐고."

그제야 '숨을 쉬기 위한 방법'이란 말에 고개가 끄덕여졌다.

아저씨는 귀가해서도 베란다에서 식물들을 관리했다. 쪼그리고 앉아서 누렇게 된 이파리를 하나하나 정리하고 물을 주고, 분갈이 했다. 커다란 덩치로 작은 화분을 만지작거리는 모습은 청승맞고 보기 싫었었다. 그런데 이유를 알고 나니 아저씨가 안 되어 보였다.

"이제 자락길이나 걸어볼까."

아저씨가 호스를 정리하며 말했다.

우리는 사무실을 나와 차고지를 지나 산길로 접어들었다.

두 갈래 길이 나오자 아저씨가 왼쪽 길로 향했다.

"자락길은 저쪽인데요."

내가 다른 쪽 길을 가리키며 말했다.

"그렇구나. 네가 이리 올라가는 걸 종종 봤거든. 함께 가보고 싶었다."

아저씨는 여전히 왼쪽 길을 따라 걸었다.

얼마쯤 오르자 정자가 나왔다.

아저씨가 정자로 오르는 사이 나는 정자 아래를 살폈다. 고양이는 없었다. 저번에 준 사료는 다 먹었는지 밥그릇은 말끔히 비어 있었다.

정자에 나란히 앉았다.

"선아는 며칠 후에 캠프에서 돌아올 거야."

아저씨가 말했다.

'선아가 돌아오는구나.'

그러고 보니 방학이 끝나가고 있었다.

선아는 끝까지 내게 카톡이나 문자 한번 없었다.

"앞으로 아르바이트는 안 나와도 된다."

뜻밖의 말에 나는 '왜요?'하는 표정으로 아저씨를 봤다.

"밥을 넘기니 이제 됐다. 네 엄마 돌아가시고부터 못 먹었잖아."

'아저씨도 알고 계셨구나.'

눈물이 핑 돌았다. 아르바이트시킨 이유가 그 때문일 줄은 몰랐다.

나를 '불청객' 정도로 생각하는 줄 알았는데 무심한 듯 보여도 세심히 지켜보고 있었다는 사실에 부끄럽고 고마웠다.

"게다가 방학도 끝나가고."

아저씨가 무덤덤한 목소리로 덧붙였다.

그 말에 하마터면 웃음이 터질 뻔했다. 그 말은 굳이 안 해도 되었을 텐데. 조금 전의 감동이 살짝 줄긴 했지만, 한편으로는 그런 솔직함이 좋았다.

"유품정리사라는 게 있는 줄도 몰랐어요. 어쩌다 그 일을 하게 되셨어요?"

함께 일하며 종종 궁금했었다.

"아버지에게 빚이 있어."

'빚'이란 말에 나도 모르게 눈이 커졌다.

"금전적인 빚 말고, 마음의 짐 같은 거 말이야."

내 마음을 읽은 듯 아저씨가 덧붙였다.

이야기가 더 이어질 줄 알았는데 아저씨는 더이상 말이 없었다.

유품정리사를 하게 된 이유를 묻는데 엉뚱한 대답이었다.

말하기 싫은 걸까? 내 질문을 잘못 알아들었나 싶기도 했다.

다시 여쭤볼까 어쩔까 하는데 아저씨가 윗옷 주머니에서 수첩을 꺼냈다.

늘 주머니에 품고 다니는, 나달나달 궁상맞은 바로 그 수첩이었다.

"이거 때문이라고 해야 할까?"

아저씨가 수첩을 손바닥에 놓고 뚫어지게 봤다.

손바닥 반만 한 크기의 수첩은 갈색 가죽 표지가 닳고 닳아서 회색빛을 띠었고, 모서리는 죄다 벗겨져 있었다.

'수첩이랑 무슨 상관이란 거지?'

나는 아저씨와 수첩을 번갈아 봤다.

말없이 수첩만 만지작거리던 아저씨가 정자 너머로 눈길을 옮겼다.

진초록의 산 아래로 다닥다닥 붙은 집들이 무수히 뻗어 있었다.

"초등학교 6학년 때 어머니가 재혼하셨어. 그때부터 새아버지와 함께 살게 되었지. 새아버지가 참 잘해주셨는데 나는 그게 다 가식이라고 생각했어. 새아버지가 다정할수록 나는 거칠고 삐뚤어졌지.

독립할 나이가 되자 바로 집을 떠났고 연락을 끊었어. 그렇게 내 인생을 살았어."

아저씨가 말을 끊었다.

생각지도 못한 아저씨의 과거가 와르르 쏟아져 들어와 머릿속을 헤집어댔다. 동시에 그저 수많은 사람 중 한 사람일 뿐이던 아저씨가 선명하게 내 앞으로 다가왔다.

하지만 아저씨는 목소리도 표정도 여느 때처럼 담담했다.

"어느 날 경찰에서 연락이 왔어. 새아버지가 돌아가셨다고. 고독사하셨던 거지. 집 정리를 고민하다 특수청소업체가 있다는 걸 알게 되었고, 거기다 맡겼어. 정리를 끝내고 유품이라며 상자 하나를 주기에 필요 없으니 그냥 다 버리라고 했지. 그랬더니 팀장이라는 분이 '버리더라도 이건 한번 보시는 게 좋을 거 같은데요.'라며 상자를 열고 그 속에서 수첩이랑 통장을 꺼내주더라고."

여태 담담하던 아저씨의 목소리가 흔들렸다.

아마도 그 당시의 감정이 다시 올라오는 모양이었다.

나는 아저씨의 손에 들린 수첩을 봤다. 그 수첩이 바로 이 수첩이구나 싶었다.

"수첩을 한 장 한 장 넘기며 나는 무너져 내렸다. 나를 걱정하고 고민하는 메모들로 빼곡했거든. 매달 일정 금액을 떼서 내 이름의 통장에 입금도 하셨더라고. 어머니가 돌아가시고 혼자 남은 상황에서도 말이야. 정말 아름다운 분을 아버지로 만났는데 너무 늦게 깨달은 거야. 가슴이 너무 아프더라."

가슴이 저릿해 왔다. 돌아가실 때까지 진심을 꺼내 내보이지 못한 채 홀로 외롭게 돌아가신 그분의 삶이 안타까웠다. 그런 분과 새아버지라는 인연으로 맺어졌으니 아저씨는 복 많은 분이셨다. 하지만 아저씨는 불신으로 그 복을 스스로 차버린 것이다.

"수첩이 내 손에 들어올 수 있게 해 준 그분들이 너무 고맙더라. 내 말대로 모든 걸 폐기했다면 나는 끝까지 아버지의 진심을 오해하며 살았겠지. 그 후 이 일을 시작했어. 아버지처럼 홀로 외롭게 떠나신 분들의 자리를 정성스럽게 마무리해 주고 싶었어. 그렇게 하는 것이 아버지에게 진 빚을 조금이라도 갚는 길이란 생각이 들었거든."

고인의 집을 정리한 아저씨가 무릎을 꿇은 채 술잔을 올리며 고인의 명복을 빌어주던 모습이 떠올랐다. 그 모든 순간 아저씨가 어떤 마음이었는지 알 거 같았다.

"이렇게 말하다 보니 그게 빚이 아니라 축복이었다는 생각이 드네. 지금은 이 수첩이 내 행운 부적이야. 여기 넣고 다니면 든든하거든. 세상 무서울 게 없단 생각도 들고."

아저씨가 촉촉해진 눈을 슴벅이며 수첩을 내게 내밀었다.

수첩을 펼치자 깨알 같은 글씨들이 나타났다. 꼬박꼬박 써넣은 날짜와 흐트러짐 없는 글씨에서 그분의 성품이 보이는 듯했다.

"내가 이런 말을 하는 이유는, 네가 나처럼 너무 늦게 깨닫지 말았으면 싶어서야. 누군가의 진심을 너무 늦게 깨달으면 서로가 두고두고 힘들거든. 네 엄마가 떠나고 절실히 깨달았단다. 내일 즐겁게 살아야지가 아니라 오늘 즐겁게 살아야 한다는 걸…. 사는 날까지 즐겁게 살았으면 좋겠구나. 너도 선아도… 나도."

아저씨의 한마디 한마디에서 진심이 느껴졌다.

그 진심이 가슴속으로 고여 들면서 마음속 빗장이 허물어지는 거 같았다.

"너무 미안해요. 선아한테도 아저씨께도…. 제가 오지 말 걸 그랬어요. 그럼 엄마는 더 오래 사셨을 텐데… 저 때문에 스트레스가 심해져서…."

울컥 목이 메며 눈물이 어룽져서 왔다. 감정을 누르느라 입술을 앙다물었다.

"그런 말 마라. 누구 때문도 아니야. 네 할머니도 엄마도 그저 때가 그때였을 뿐이야. 이승의 인연이 거기까지였던 거다."

아저씨가 내 등을 토닥였다.

"왜 저만 그럴까요? 왜 저한테만 안 좋은 일이 생기는 걸까요? 할머니도 엄마도… 세상을 향한 끈이 모두 끊어진 기분이에요."

후드득 눈물이 떨어졌다.

"그런 기분 들 수 있다. 하지만 태어난 이상 우리는 누구나 다 죽는 거잖아. 길고 짧고의 차이가 있을 뿐이지. 두 분이 더 오래 살아서, 그 아픔을 네가 좀 더 성장한 다음에 맞았다면 좋았겠지만 어쩌겠니. 우리 마음대로 할 수 없는걸. 넌 그래도 고등학생이잖아. 선아 생각을 해봐. 이제 겨우 열두 살이야. 그 어린것이 엄마를 떠나보내고 얼마나 힘들겠니."

아저씨의 말에 정신이 번쩍 들었다.

그제야 선아 생각이 났다. 내가 할머니를 떠나보낸 건 작년 여름, 그러니까 내 나이 열여섯일 때다. 그리고 정이 붙을 새도 없이 함께 산 지 몇 달 만에 엄마가 돌아가셨다. 하지만 아저씨 말대로 선아는 이제 겨우 열두 살, 초등학생이다. 어린 선아에게 엄마의 부재는 세상이 무너지는 충격일 것이다. 그런데도 나는 내 아픔만 보고 있었다.

"그리고 세상을 향한 끈이 모두 끊어졌다고는 생각지 마라. 그렇게 생각한다는 걸 알면 선아가 아주 슬플 거야. 네 존재를 알게 되었을 때 선아가 얼마나 기뻐했는지 몰라. 그 아이가 먼저 그랬어. 너랑 같이 살면 좋겠다고."

'선아가?'

아저씨의 말이 뒤통수를 후려치는 거 같았다.

나는 당연히 엄마라고 생각했다. 엄마의 강요에 선아와 아저씨가 동의한 거라고 생각했다. 그런데 선아였다니.

엄마에게 물은 적이 있다. 그동안 왜 한 번도 찾아오지 않았냐고, 전화하지 않았느냐고.

"할머니가 그러셨어. 끝까지 책임질 거 아니면 찾아오지도 너한테 연락하지도 말라고. 두 번 상처는 영원히 아물지 않을 거라고."

그때 엄마는 고개를 숙이며 이렇게 말했었다.

"정말 선아가 그랬어요?"

내 물음에 아저씨가 고개를 끄덕였다.

"넌 남도 아니고 선아와는 남매 아니냐. 그래서 선아랑 내가 네 엄마한테 먼저 말을 꺼냈어. 너랑 함께 살자고. 네 엄마 입장에서야 먼저 말 꺼내기가 쉽지 않을 테니까."

가슴이 떨렸다. 선아에게 고맙고 미안했다. 그런데 뜻밖의 감정이 밀려왔다.

'엄마는 끝까지 내 손을 잡지 않았구나.'

그래서 나한테 그렇게 표현을 하지 않았던 걸까. 원해서 함께한 게 아니라서?

가슴에 살얼음이 어는 느낌이었다.

12
케렌시아

오랜만에 할머니 라디오를 꺼냈다.

전원 버튼을 누르는데 수리점 할아버지의 얼굴이 떠올랐다.

"수리비는 됐고, 이따금 와서 내 말벗이 되어주면 좋겠다."

할아버지의 말에 그러겠다고 했지만, 그 후로 한 번도 가지 못했다.

딱히 먹고 싶은 생각이 없어서 우유 한 잔을 마시고 집을 나섰다.

잔뜩 낀 먹구름 덕분에 걸을 만했다.

할아버지는 언제나처럼 작업 중이었다. 슬쩍 넘겨다보니 드라이버로 선풍기 머리를 해체하는 중이었다. 방해하고 싶지 않아서 조용히 파라솔 아래 놓인 의자에 앉았다.

다리를 가로지르며 흐르는 하천을 따라 사람들이 걷고 있었다.

먹구름 덕분에 운동하기 좋아서인지 사람들이 제법 많았다.

"우리도 저렇게 한번 걸어봤어야 했는데……."

불쑥 엄마 목소리가 떠올랐다.

어느 토요일이었던 거 같다. 아저씨는 일 나가셨고 선아는 친구 만나러 나가서 나와 엄마 둘이 점심을 먹은 날이었다. 엄마가 과일을 깎아 와서 함께 소파에 앉았다.

엄마는 집에서 늘 텔레비전을 틀어놓고 있었는데 그날도 텔레비전 화면을 빤히 봤다.

"참 좋아 보인다. 우리도 저렇게 한번 걸어봤어야 했는데……."

엄마의 말에 나도 텔레비전으로 눈길을 옮겼다.

맑은 개울을 따라 초등학생 정도의 남자아이와 엄마가 손을 잡고 걸으며 얘기를 주고받고 있었다. 평화롭고 행복해 보였다.

'나도 엄마랑 저렇게 걷고 싶었어요.'

나는 속으로 중얼거렸다.

다른 아이들처럼 엄마 손잡고 학교도 가고, 산책도 하고, 시장도 가고… 부러운 게 참 많았었다.

"어서 나아서 저렇게 함께 걸어요."

그때 그렇게 말했다면 얼마나 좋았을까. 나는 그저 과일만 우적우적 베먹었다.

"왔으면 왔다고 인기척을 내야지. 입이 너무 무거운 것도 탈이라네."

할아버지 목소리에 고개를 돌렸다.

해체를 끝냈는지 선풍기 머리를 내려놓은 할아버지가 나를 보고 있었다.

"방해될 거 같아서요. 그동안 잘 지내셨어요?"

할아버지가 고개를 끄덕이며 웃었다.

아무 근심 없는 듯 밝은 얼굴인 걸 보면 해바라기 아줌마가 돌아가신 걸 모르는 모양이었다.

'알려드려야 하지 않을까?'

나는 얼른 생각을 털어냈다.

괜한 오지랖일 수 있었다. 두 분이 얼마나 친한 사인지도 모르는데다 어쩌면 속담처럼 모르는 게 약일지도 모른다. 알아봐야 할아버지보다 나이 어린 분이 돌아가셨다는 소식에 충격이라도 받으면 더 해로울 수 있을 것이다. 그리고 어쩌면 모르는 채 안부를 궁금해하며 사시는 게 더 나을지도 모르겠단 생각도 들었다.

"라디오는 잘 되는가?"

"네, 지금도 들으면서 온 걸요."

나는 주머니에서 라디오를 꺼내 보였다. 할아버지가 흡족하게 웃었다.

"하고 싶은 말이 있는 얼굴이네. 뭐든 주저 말고 하게나."

할아버지의 말에 뜨끔했다. 역시 연륜은 무시할 수 없는 모양이다.

그 순간 아줌마의 편지글에서 이해 안 되던 부분이 떠올랐다.

"제가 아는 분이 좀 일찍 세상을 떠나셨어요. 그것도 아프다가요. 그런데도 하고 싶은 것 다 해서 행복한 삶이었다는데, 정말 그럴 수 있을까요?"

내 말이 끝나자마자 할아버지는 생각할 필요도 없다는 듯 바로 고개를 끄덕였다.

"정말 그럴 수 있다고요?"

"모두가 그렇진 않겠지만 분명 그런 사람도 있어. 얼마 전에 떠난 내 친구가 바로 그런 사람이었거든."

할아버지의 눈길이 개천 저 멀리로 향했다. 그분을 생각하는지 얼굴에 웃음이 번졌다.

"아픈데도 하루하루를 정말 즐겁게 살았지. 주변 사람들에게 보여주기 위한 게 아니라 진심으로 그렇게 살았어. 왜냐면 자신이 꿈꾸던 삶을 살고 있었거든. 그 친구의 꿈은 배우였대. 배우가 되면 역할에 따라 다양한 사람이 되어볼 수 있으니까. 그런데 부모님이 차례로 아프다 돌아가셔서 병원비를 감당하느라 일만 하며 살았다는구먼. 홀로 되어 이제 좀 여유롭게 살아볼까 했는데 병이 온 거야. 절망했지만 곧 마음을 바꿔 먹었대. 불안에 떨며 죽음을 기다리지 말고 죽음이 오는 날까지 자신의 못 이룬 꿈을 이루면서 즐겁게 살기로."

"배우가 되셨어요?"

궁금해서 얼른 물었다.

"비슷해. 대역 아르바이트를 했어. 얼마나 신나 하든지. 남들은 힘들다는데 그 친구는 그게 그렇게 즐겁더래. 그에게는 일이 아니라 쉼이었던 거야. 시한부의 삶을 잊고 아주 다른 사람의 삶을 사는 거지. 그때마다 여기 들려서 그날 일을 들려주었어. 얼마나 신나 하던지 아픈 사람인 줄도 몰랐다니까. 아! 그대도 본 적 있을걸. 라디오 맡기러 왔을 때 얘기 나눴잖아."

할아버지가 생각난 듯 눈을 동그랗게 뜨고 나를 봤다.

순간 가슴이 벌렁거리며 요동쳤다. 라디오를 맡기러 왔을 때 얘기를 나눈 사람이라면 해바라기 아줌마였다.

"해바라기 아줌마요?"

"해바라기 아줌마라… 허허, 썩 어울리는 별명이네."

할아버지는 얼굴 가득 웃음이 번졌다.

"그럼 그분이 돌아가신 걸 아셨어요?"

"알지. 병원 들어가기 전에 인사하러 왔었거든. 그대는 어찌 알았는가?"

할아버지의 질문에 숨이 탁 막혔다.

"이웃…이었어요. 그런데 아프다면서 왜 이런 산동네로 이사 왔을까요?"

정말 궁금했다. 아픈 몸으로 살기에는 평지에 있는 아파트가 훨씬 나았을 것이다. 돈 때문이었을까?

"사람 냄새나는 곳에서 마지막을 보내고 싶었대. 외로웠던 게지.

이 동네가 아직은 시골 냄새, 사람 냄새가 좀 나잖아. 그래서 나도 이 동네를 못 떠나는 거고."

코끝이 찡해왔다.

"아프신 줄도 몰랐어요. 늘 해바라기처럼 활짝 웃으셨거든요."

나는 간신히 이렇게 말했다.

"참 아름다운 사람이었지. 밝은 기운을 뿜어내서 주위의 어둠도 밀어내는."

할아버지 목소리에 긴 여운이 묻어났다.

아줌마 집을 정리하러 갔을 때 본 꽃병이 떠올랐다.

다음 날 다시 가보니 꽃병에는 다양한 종류의 꽃이 더 많이 꽂혀 있었다.

"좋아하는 일이 아픔도 초월할 만큼 위안과 기쁨을 주는 게지. 이 일이 내게 그런 것처럼. 난 이 일이 좋단다. 낡고 고장 나서 제 기능을 못 하게 된 것들을 다시 세상 속에서 씽씽 돌아가며 역할을 하게 하는 거. 그럴 때마다 가슴이 얼마나 뿌듯한지 몰라."

할아버지는 바닥에 놓인 고장난 것들 하나하나에 눈길을 주었다. 그 눈길에 따뜻한 애정이 남실거렸다. 수리한 할머니의 라디오를 내게 내밀 때도 저런 표정이었다.

"하하, 적적할 거 같아 말동무나 해주려고 왔더니. 이미 얘기 보따리를 한가득 펼쳐 놓으셨구먼."

괄괄한 할머니 목소리에 고개를 돌렸다.

통통하고 씩씩한 할머니가 비닐봉지를 달랑거리며 걸어왔다.

"어서 오시게. 친구야 많을수록 좋지."

할머니가 파라솔 아래 앉았다. 그러고 보니 의자가 하나 더 늘어 있었다.

"날이 꾸물꾸물해서 부침개 좀 부쳤지."

할머니가 까만 비닐봉지 속에서 동그란 플라스틱 통을 꺼내며 말했다.

"왜 일어서? 넉넉하니까 학생도 같이 좀 먹어."

내가 일어서자 할머니가 말했다.

"그려, 같이 먹어야 더 맛난 법이야."

할아버지도 손짓하며 붙잡았지만 두 분의 시간을 방해하고 싶지 않았다.

펫마트에 들려 고양이 사료를 사서 뒷산으로 향했다.

"헤이, 또 왔냐?"

정자 쪽으로 걸어가는데 누군가 소리쳤다.

규태 형이 정자 난간에 앉아 나를 향해 웃고 있었다.

"형은 또 왜 왔어요?"

"그래 피장파장이다."

형이 또 웃었다.

나는 정자 아래 고양이 밥그릇 쪽을 봤다. 밥그릇은 말끔히 비어 있었다.

"고양이는요? 안 보이는데요?"

"먹고 사라졌어. 우리는 서로의 경계를 잘 지켜주거든. 난 이따금 밥은 주지만 내 울타리 안으로 굳이 넣으려고 안 해. 그 녀석도 나한테 알은척은 하지만 애완묘처럼 애교나 붙임성을 보이진 않아. 처음엔 그게 서운했는데 생각해 보니 고양이가 현명한 거 같아. 그래야 나한테만 의지하지 않고 잘 살아갈 테니까."

'굳이 내 울타리 안으로 넣지 않는다.'

형의 말을 곱씹었다. 참 멋진 말 같았다. 하지만 그건 쉽지 않다. 마음을 주면 그만큼 기대하게 되고 기대에 못 미치면 서운하게 된다. 서운함이 깊으면 미움이 된다. 선아가 내게 그랬던 것처럼.

"그런데 형은 고3이잖아요."

"고3은 뭐 바람도 못 쐬나?"

"바람치고는 너무 잦은 거 아니에요? 잠잘 시간도 밥 먹을 시간도 부족한 시기라던데."

"이렇게라도 숨을 쉬어야 살지."

형이 정자에 벌렁 누우며 길게 숨을 들이마셨다 내쉬었다. 좀 전의 밝고 씩씩한 모습과는 달리 조금은 우울해 보였다.

나도 정자에 올라앉아 기둥에 몸을 기댔다.

"형은 뭐가 그리 힘든데요?"

내 질문에 형은 말없이 정자 천장만 뚫어지게 봤다. 덩달아 나도 천장을 올려다봤다.

천장에는 거미줄이 얼기설기 처져 있었다.

“집! 부모님! 우리 집엔 대화가 없다. 엄마와 나 사이에는 ‘했냐, 안 했냐’의 체크만 있어. ‘돼, 안 돼!’의 명령과 지시만 있지. 확인, 지시, 금지, 확인, 지시, 금지… 무한 반복이야. 난 대화를 하고 싶은데 엄마는 늘 ‘네 할 일 다 하고 얘기하자’는 말로 내 입을 막아. 엄마가 요구하는 수준의 내 할 일을 난 영원히 못 할 거야. 그러니 엄마와의 대화는 영원히 없는 거지.”

형의 눈과 말투에서 체념이 느껴졌다.

할머니와 살면서 나는 스스로 알아서 하는 삶을 살아왔다. 엄마랑 살 때도 비슷했다. 할머니와 살 때는 그게 나에 대한 믿음으로 느껴졌지만, 엄마랑 살 때는 무관심으로 느껴졌다. 그래서 형이 힘들어하는 엄마의 요구나 구속이 조금은 부럽게 느껴졌다.

“나 가출한 적도 있다. 엄마가 핸드폰을 압수하겠대. 우리 세대에 스마트폰은 그냥 전화기가 아니잖아. 세상이고 라이브러리, 도서관이란 말이지. 밥을 안 주는 건 괜찮지만 스마트폰은 절대 안 되지. 나한테는 그렇게 말하지만 엄마도 스마트폰 없이는 하루도 못 견딜걸. 내가 그렇게 대들었더니 엄마가 ‘그렇게 네 맘대로 할 거면 나가! 나가서 하고 싶은 대로 실컷 하고 살아!’라고 소리치더라고. 그래서 그냥 나와 버렸어. 아무리 화가 나도 자식에게 나가라는 말은 너무 심한 거 아냐? 당신 원하는 대로 안 한다고 나가라니. 자식이 부모가 원하는 대로 키우는 화초는 아니잖아. 나한테는 그게 엄청난 상처였어."

형은 그때의 기분이 되살아나는지 거푸 한숨을 내쉬었다.

"어디로 가출했는데요?"

형이 더 크게 한숨을 쉬었다.

"그게… 막상은 갈 데가 없더라고. 무섭기도 하고. 여기저기 기웃거리다 온 곳이 바로 여기였어. 난 빨리 취직하고 싶어. 취직하면 바로 집 나갈 거야. 나도 내 맘대로 살 거라고. 엄마 간섭 안 받고. 나, 하고 싶은 대로."

형 얘기를 듣고 있으니 영규 생각이 났다.

그러고 보니 형은 웃는 모습뿐 아니라 성격도 영규랑 많이 닮은 거 같다. 물론 엄마는 아주 다르다. 영규 엄마는 진짜 멋지다. 카페에서 아르바이트하며 엄마가 영규 엄마 같은 분이면 좋겠단 생각을 종종 했었다.

"그런데 왜 하필 여기로 왔어요?"

"몇 년 전까지 이 동네 살았거든. 여기 살 때는 참 좋았어. 엄마가 지금이랑 달랐거든. 아빠랑도 그럭저럭 사이가 좋았고. 어쩌면 장소나 주위 환경이 사람을 변화시키는지도 모른단 생각이 들어. 그러고 보니 2학년 사회책에 정말 그런 게 있었네. '자연환경이 인간 생활에 끼치는 영향' 뭐 이런 거였던 거 같은데. 아, 완전 다른 내용인가… 모르겠다. 아무튼 유명한 학세권으로 이사한 후로 내 인생은 암흑이야. 진심 누구를 위한 이사였는지 모르겠어."

형이 다시 무거운 한숨을 토해냈다.

학세권, 기사에서 본 적이 있다. 주변에 유치원, 학교, 학원 따위의 교육 시설이 밀집해 있어 교육 환경이 좋은 주거 지역을 말한다고 했다. 역세권, 숲세권, 육세권, 몰세권 등 요즘 등장한 신조어였는데 몰세권이 궁금해서 찾아봤었다. 대단위 쇼핑 시설을 끼고 있는 곳을 뜻하는 말이었다. 쇼핑과 문화, 여가를 선호하는 요즘 트렌드에 따라 인기라고 했다.

"형 얘기 들으니까 우리 할머니 말씀 생각나요. 할머니가 그러셨거든요. 사람은 나무 풀이랑 가까이 살아야 순해진다고요. 시멘트랑 가까이 살면 메마르고 팍팍해진대요."

내 말에 형이 고개를 끄덕였다.

"너희 할머니 참 현명하시네. 그래서 우리 엄마가 그렇게 메마르고 팍팍해졌나 봐."

형이 웃었다.

나도 모르게 웃음이 나왔다.

"사실 난 공부에 관심 없어. 애완동물 관련 학과로 가고 싶어."

"애완동물학과도 있어요?"

"그럼, 애완동물 관련해서 건강, 패션, 훈련 같은 실제적인 것들을 공부한대. 실무중심 수업이라 다양한 자격증 취득도 가능하대. 동물보건사, 동물간호복지사, 애견미용사, 반려동물 종합관리사, 훈련사… 또 뭐라더라? 펫 시터, 반려견행동상담사… 아무튼 자격증 종류도 많더라고."

"처음 들어보는 자격증들이지만 모두 있을 법하네요. 어디선가 읽었는데 우리나라 국민 4명 중 1명이 반려동물을 키우고 있대요. 요즘은 아이를 낳지 않고 애완동물을 가족 삼아 사는 부부들도 많고요. '펫로스 증후군'이란 말도 있더라고요. 키우던 반려동물이 세상을 떠나면 극도의 상실감과 우울함을 느끼는 증상인데, 제대로 대처하지 않으면 우울증으로 악화될 수 있다더라고요. 그냥 동물이 아니라 가족인 거죠. 그러니까 애완동물학과 장래성도 밝아 보이고 그쪽으로 가도 좋을 거 같아요. 고양이 돌보시는 것도 그렇고, 그쪽 방면으로 정보를 좔좔 꿸 정도의 관심이면 취향도 맞는 거 같고요."

형이 갑자기 몸을 발딱 일으켰다. 휘둥그레진 눈으로 나를 아래위로 훑어봤다.

"너 말 왜 이렇게 잘하냐? 완전 달변가일세!"

나도 모르게 얼굴이 후끈거렸다. 그러고 보니 이렇게 길게 말해 본 게 언제였나 싶었다.

"야, 얼굴이 왜케 빨개졌어? 놀리는 거 아냐. 칭찬이야. 너 말 참 잘하네."

형이 웃으며 내 어깨를 툭툭 쳤다.

할머니나 영규가 내게 자주 해준 말이었다. 기분이 좋았다.

"나야 그러고 싶지. 그렇게 할 수 있다면 무슨 고민이겠냐. 공부도 술술 잘 되겠지. 문제는 내가 원하는 삶은 엄마가 바라는 삶이 아니라는 거야. 그래서 답답해. 그 생각만 하면 숨이 막히고 죽을 거 같다. 집도 학교도 학원도 다 감옥 같아. 정말 죽을 것 같을 때 여길 와. 그럼 한동안 숨이 쉬어지거든."

형이 주위를 둘러보며 길게 숨을 내쉬었다.

그 순간 인터넷 기사에서 읽은 '케렌시아'란 낱말이 떠올랐다.

케렌시아는 스페인어로 피난처·안식처란 뜻인데 투우 경기에서 비롯된 말이란다.

투우가 진행되는 동안 소는 위협을 피할 수 있는 경기장의 특정 장소를 머릿속에 표시해두고 그곳을 케렌시아로 삼는단다. 그곳에서 숨을 고르며 에너지를 다시 모은다고 했다.

대부분의 소는 자신이 들어왔던 문이나 투우장의 벽을 케렌시아로 삼는데 뒤쪽에서 공격당할 염려가 없기 때문이란다. 또 어떤 소는 투우사를 처음 들이받았던 곳을 택하기도 하는데 자신이 성공을 거둔 자랑스러운 곳이기 때문이라고 풀이했다.

그중 자신이 들어온 문을 케렌시아로 삼는다는 내용에서 가슴이 아렸다. 그 문으로 살아서 다시 나가기를 바라는 소의 간절한 마음이 담겨 있지 않을까 싶었기 때문이다.

그러니까 케렌시아는 나를 온전히 내려놓고 재충전할 수 있는 곳, 지친 몸에 기운과 생기를 주는 곳인 거다.

'여기가 규태 형의 케렌시아구나!'

다행이었다. 형의 숨통을 틔워 줄 수 있는 곳이 있어서.

아저씨의 케렌시아는 화초가 있는 베란다와 사무실의 텃밭일 것이다. 해바라기 아줌마에게는 대역 아르바이트를 하는 그 순간이었을지 모르겠다. 수리점 할아버지에게는 네모난 창고 안이 일터이자 휴식처일 것이다. 그 장소에 있는 순간이 제일 행복하다고 하셨으니까.

'선아의 케렌시아는 어디일까?'

선아 생각을 하자 마음이 무거워 왔다.

생각해 보니 선아에 대해 아는 게 너무 없었다.

재잘재잘 떠들기 좋아하는 아이, 물을 머금는 스펀지처럼 순식간에 나를 오빠로 받아들인 아이, 햇살 같은 밝음으로 나를 힘들게 하던 아이, 그러다 이제 내게서 등을 돌린 아이.

내게 선아는 그 정도였다.

엄마를 떠나보낸 열두 살 선아에게 쉼이 되는 곳은 어디일까?

13
인생 총량의 법칙

민재에게 또 카톡이 와 있었다.

집요한 성격답게 민재는 내가 읽지 않아도 아랑곳하지 않고 꿋꿋이 카톡을 보내왔다.

고시원의 보호 종료 청년이 떠올랐다.

"어쩌면 그들에게 필요한 건 누군가의 따뜻한 안부 인사 한마디가 아니었을까 싶다. 오늘은 뭘 했는지, 밥은 잘 먹고 있는지… 이런 사소한 일에 관심 가져주는 사람 말이야. 이 세상에 혼자라는 생각, 외로움이 결국 삶의 의지를 놓게 만든 거겠지."

기호 형의 말도 떠올랐다.

이 세상에 혼자 남은 민재에게 따뜻한 기운을 보탤 수 있다면 좋겠다.

시간 돼? 오늘 만날까?

민재에게 카톡을 보냈다.

할머니와 엄마가 떠나고 깨달았다. 뭐든 생각난 순간에 해야 한다는 걸. 내일은 없을지도 모른다는 걸.

오, 살아 있었냐.

좋아, 당장 보자! 어디서 볼까?

민재가 연거푸 카톡을 보냈다.

시간과 장소를 정하고 나니 설레기 시작했다. 약속 시간을 정해 누군가와 만나는 게 얼마 만인지 기억조차 까마득했다.

화장실에서 씻고 나오다 베란다로 눈길이 갔다.

'물꽂이 식물은 어떻게 됐을까?'

요즘 통 들여다보질 못했다.

유리병을 보던 나는 눈이 휘둥그레졌다.

물꽂이 식물은 햇볕을 많이 받는 쪽으로 옮겨져 있었는데 수염처럼 생긴 뿌리 몇 가닥이 길게 자라 있었다. 뿌리마다 수북이 달린 잔뿌리가 서로 얽히며 제법 힘차 보였다. 게다가 가지 끝에 완

두콩처럼 작고 귀여운 새잎까지 돋아 있었다.

눈물이 핑 돌았다. 기뻤다. 흔들림을 이겨내고 꿋꿋이 뿌리내린 가녀린 식물이 대견했다.

"그러고 보니 너도 이름이 있었는데…."

아저씨가 물꽂이 중이라고 말하면서 분명 식물 이름을 말했었다.

'유카' 어쩌고 하는 이름이었는데 기억이 나지 않았다.

핸드폰을 켜고 인터넷 검색 렌즈를 열었다. 물꽂이 식물에 렌즈를 맞추고 촬영하자 이내 '유칼립투스'라는 이름과 함께 관련 이미지들이 좌르르 떴다.

유칼립투스가 여러 종류인 모양이었다. 하나하나 눌러보다가 똑 닮은 걸 찾았다.

'유칼립투스 폴리안!'

이미지 사진을 확대했다.

동글동글한 이파리를 성글게 매달고 있는 나무는 정말 예뻤다. 단정하면서도 여백이 느껴지는 나무였다. 크고 작은 이파리들이 살랑살랑 흔들릴 때마다 맑은 종소리가 날 거 같았다.

사진 아래로 블로그 주인의 물꽂이 경험담이 적혀 있었다. 건둥건둥 읽어내리다 크고 짙게 쓴 글씨에 눈이 멎었다.

꽃말: 시간을 아름답게 덮는다 – 추억, 기억

가슴이 찌릿해 왔다.

아저씨가 왜 하필 물꽂이가 어렵다는 유칼립투스를 선택했는지, 왜 그렇게 정성스럽게 키웠는지 알 거 같았다. 아저씨도 엄마와의 시간을 추억하며 그리움과 슬픔을 다독이고 계셨구나 싶었다.

나는 유리병 앞에 쪼그려 앉아 유칼립투스에 눈을 맞추었다.

"유칼립투스야, 그동안 애썼어. 넌, 정말 장해."

한 마디씩 소리 내어 천천히 말했다.

뿌리를 내리기 위해 긴 시간 힘들게 버텨왔을 물꽂이 유칼립투스가 대견했다.

나는 일찌감치 약속 장소로 나갔다.

민재가 쉽게 찾을 수 있도록 카페 출입구 쪽에 자리를 잡았다.

'꼭 1년 만이네. 그동안 어떻게 변했을까?'

민재 생각을 하자 도보여행 마지막 날이 떠올랐다.

"선우야, 엄마랑 살기 싫으면 우리 보육원으로 와. 내가 원장님께 잘 말씀드릴게."

민재가 내 등을 툭 치며 말했었다.

마치 학교 끝나고 헤어지며 '우리 집에 놀러 와'라고 말하는 것처럼.

민재는 그런 아이였다. 심각한 것도 가볍게 말해서 상대 마음을 편하게 했다. 그런데 그게 또 든든한 힘이 되었다.

카페 유리문이 열리고 민재가 들어섰다. 약속 시간까지는 아직 시간이 제법 남아 있었다.

민재가 나를 향해 손을 번쩍 들었고 우리는 마주 활짝 웃었다.

민재는 많이 달라져 있었다. 키가 훌쩍 큰 데다 밝고 힘차서 딴 사람 같았다.

"웬일이냐? 네가 먼저 만나자는 말을 다 하고. 그렇게 전화하고 카톡 해도 씹더니. 난 또, 다시 유골함 메고 떠날 일이라도 생겼나 걱정했지."

민재가 내 어깨를 툭 치며 말했다.

휘청하다 겨우 중심을 잡았다. 민재는 키도 컸지만, 몸도 훨씬 다부져졌다.

작년에는 누가 봐도 내 또래나 아래로 보였는데 지금은 나보다 한 살 많다는 게 확 실감 났다. 엄마가 계셨던 요양병원에 다녀온 것이 긍정적인 효과를 가져왔을까? 아마도 엄마가 자신을 버린 것이 아니었다는 것, 누구보다 사랑했다는 사실을 안 것이 큰 힘이 됐을 것이다.

"좋아 보이네… 요."

말을 올리기도 놓기도 뭐해서 말이 어정쩡하게 나왔다.

"야, 우리 친구 먹기로 한 거 아니었냐? 옛날에는 여덟 살 차이는 다 친구였다며. 왜 갑자기 '요'냐 어색하게. 한번 친구는 영원한 친구지."

민재가 내 등을 다시 짝 소리 나게 쳤다. 등짝에 불이 나는 거 같아 나도 모르게 풀쩍 뛰어올랐다. 그런데 이상하게 속이 시원했다. 애매하던 마음도 화르르 날아갔다.

"그렇지? 오랜만에 만났더니 너무 커버려서 잠깐 혼란스러웠어."

"왜 씹었냐? 전화도 카톡도. 하긴 낯선 사람들과의 하루하루가 뭐 그리 편했겠어. 진짜 가족이 되려면 또 그만한 시간이 필요한 거지."

민재는 그때보다 생각도 훨씬 깊어졌다. 지난 내 시간까지 가늠할 줄 알았다.

"영규랑도 연락 안 하지? 네 걱정 많이 하더라."

"너도 영규처럼 그러려니 하고 그냥 좀 넘어가면 안 돼? 하여간 집요하다니까. 왜 그렇게 전화를 해댄 거야? 유튜브 소재 고갈됐지?"

내 말에 민재가 씩 웃었다. 장난스러운 웃음이 귀여웠다.

"햐, 이 자식 은근히 눈치 백 단이란 말이야. 히히, 맞아 뭐 없냐?"

"그래서 말 안 하지. 인기 유튜버한테 걸리면 내 신상 다 털릴 거 아냐. 난 유명해지기 싫거든."

"야, 작년 여름 겪어보고도 모르냐? 나, 그렇게 막 나가진 않거든. 유튜브에 올린 네 할머니 유골함 건도 내가 얼마나 비밀스럽게 잘 찍었냐. 딱 가방만 클로즈업해서 너랑 영규 얼굴은 절대 노출 안 시켰잖아."

민재가 자신만만하게 말했다.

맞는 말이다. 민재는 그때 우리가 맨 배낭이나 뒷모습만 나오도록 노련하게 촬영했다.

"참, 나 궁금한 게 있어. 너 엄마 안 보겠다고 했었잖아. 그런데 왜 마음이 바뀐 거냐?"

민재의 눈빛이 진지했다.

할머니 유골함과의 '낯선 동행'을 준비하며 수첩에 메모했던 내용이 떠올랐다.

1. 희수 기념 여행-유골함 속의 할머니와 함께하기.
2. 할머니가 행복하게 뛰어놀았다는 선산 소나무 아래 묻어 드리기.
3. 훌훌 떠나기.

내 계획은 그랬다. 계획에 따라 며칠간 꼼꼼히 검색하며 경유 버스, 소요 시간 등을 계산해서 도보여행 일정표를 짰다.

그즈음이었다. 엄마에게서 전화와 문자가 오기 시작한 건.

여태껏 내가 이 세상에 없는 것처럼 잘 살아온 엄마는 내게 그저 수많은 사람 중 한 사람일 뿐이었다. 더이상 보고 싶지 않았다. 함께 살 생각은 더더욱 없었다.

그런데 도보여행 끝 무렵 엄마의 죽음을 확인한 후 민재가 내게 말했다.

"난 다 잊고 엄마의 진심만 생각하며 살려고. 넌 네 할머니의 진심과 사랑을 생각하며 살았으면 좋겠다. 네 선택이 어느 쪽일 때 할머니가 더 기뻐하실까도 생각해 봤으면 좋겠어. 나처럼 혼자 화내고 괴로워하며 뭉그적거리다 늦어지기 전에. 엄마한테 변명 같은 말이라도 들을 기회, 아니 할 수 있는 기회를 드리는 게 나중에 후회를 줄이는 방법이 아닐까 싶어서 말하는 거야. 선택은 뭐 너한테 달렸지."

민재의 그 말이 가슴에 남아 나를 혼란스럽게 휘저었다.

할머니는 분명 내가 엄마와 함께 잘 살기를 바랄 것이다. 애타게 나를 찾는 엄마를 뿌리치면 나중에 민재 말대로 돌이킬 수 없는 순간에 후회하게 될지 모른다는 생각도 들었다. 그래서 결국 엄마에게 전화를 걸었고 함께 살아볼 마음도 먹었다.

"진짜? 진짜 내가 그런 말을 했었다고? 햐, 나 완전 멋지지 않냐?"

민재가 함박웃음을 지으며 어깨를 쫙 폈다.

"그래서 엄마랑은 어때?"

민재가 기대에 찬 얼굴로 물었다. 그 순간 가슴이 찌릿했다. 하지만 그뿐이었다. 전처럼 답답하거나 무겁지는 않았다.

"돌아가셨어. 올봄에. 오랫동안 아프셨대."

"헉!"

민재가 휘둥그레진 눈으로 나를 봤다. 무슨 말을 해야 할지 모르겠단 표정이었다.

“넌 어째 만날 때마다 폭풍 충격을 주냐?”

“만날 때마다?”

우리가 그렇게 자주 만났나? 의아해서 민재를 봤다.

“두 번 만났는데 두 번 다 사람 놀랬켰잖아. 작년에는 유골함을 매고 다녀서 사람 서늘하게 하더니 올해는 엄마가 돌아가셨다니.”

민재 말을 들으니 틀린 말도 아니었다.

“햐, 어쨌든 너도 나만큼 아픈 인생이구나. 그럼 어떡하냐? 그 집에서 나와야 해?”

민재는 내가 엄마 돌아가신 얘길 했나 싶게 아무렇지 않은 얼굴로 물었다.

이래서 진지한 맛이 없다 싶지만 그래서 또 민재가 편했다. 보통은 걱정 가득한 어두운 얼굴로 나를 위로하려 애쓴다. 위로라고 하는 말이지만 나는 공감도 안 될뿐더러 어떻게 반응해야 할지 난감했다. 그래서 그 자리가 불편했고 어서 벗어나고 싶다는 생각만 들었다.

“엥, 같이 살게? 낯선 사람들이랑? 눈칫밥도 상당할 텐데.”

내가 고개를 젓자 민재는 눈이 왕방울만 해져 폭풍 질문을 쏟아냈다.

“눈칫밥 같은 거 없어. 동생도 내 동생이고.”

“엄마가 낳은 동생이야?”

나는 고개를 끄덕였다.

"너랑 닮았냐? 핏줄이란 게 느껴졌어? 난 그런 게 궁금하더라."

민재가 다시 질문을 쏟아냈다.

'핏줄'이란 말에 기억 하나가 빗줄기처럼 빠르게 머릿속을 지나갔다.

엄마네 집으로 오고 얼마 되지 않아서였다.

그날도 선아는 내 방에 들어와 재잘재잘 떠들어댔다.

"넌 누구를 닮은 거니?"

나도 모르게 불쑥 물었다.

다음 순간 질문이 친절하지 못했단 생각이 들었다. 듣기에 따라 '누구를 닮아 그 모양이야?'라는 비난으로 들릴 수도 있을 거 같았다.

"그러니까 내 말은 두 분을 통 안 닮은 거 같아서. 그 밝음 말이야."

나는 다시 덧붙였다. 혹시라도 상처를 주고 싶지는 않았다.

"그렇게 설명 안 해도 돼. 그 정도는 알아듣거든."

선아가 웃었다. 여느 때처럼 밝고 환한 웃음이었다.

"나도 가끔 그런 생각했어. 엄마, 아빠 둘 다 안 닮은 거 같아서. 혹시 입양한 거 아닐까도 생각했었거든."

나도 모르게 눈이 커졌나 보다. 선아가 웃었다.

"놀랄 거 없어. 가끔 돌연변이도 태어나잖아. 나도 그런 거 같아. 뭐 상관없어. 나는 나니까."

역시 당당한 아이다. 나에게는 없는 그 당당함이 부럽고 좋았다.

"난 오빠 처음 본 순간 좋았어. 핏줄이라 그런가 봐. 오빠는 안 그랬어?"

선아가 기대에 찬 눈으로 물었다.

나는 아무 말도 못 했다. 엄마조차도 낯설게 느껴졌던 기억만 또렷했다. 내 마음을 눈치챘는지 선아는 어색하게 웃으며 얼른 다른 얘기를 꺼냈다.

"야, 눈 뜨고 자냐? 왜 대답이 없어?"

민재가 손을 뻗어 눈앞에 대고 흔들어댔다.

"잘 모르겠어."

솔직한 대답이었다. 선아랑 내가 닮았는지 안 닮았는지 알 수 없었다. 선아는 핏줄이란 게 느껴진다고 했지만 나는 딱히 그런 느낌을 받은 적이 없었다. 이따금 나한테 문제가 있는 걸까, 싶기도 했다.

"그렇구나. 난 또 뭔가 느낌이 팍 오는 줄 알았지. 네 동생이야 핏줄이니 그렇지만 아저씨는 생각이 좀 다르지 않을까. 요즘 교육비 장난 아니잖아. 돈 무지 들 텐데 엄마가 살아 계실 때랑은 좀 다르지 않을까? 너를 계속 봐주시려 할까?"

"좋은 분이시더라고. 아픔도 많은 분이고."

나는 나랑 같이 살자고 한 사람이 엄마가 아니라 선아와 아저씨였다는 얘길 들려주었다.

얘기하자니 며칠 전 뒷산 정자에서 아저씨와 있던 순간이 되살아났다. 아저씨는 그릇이 큰 분이라는 생각을 했었다. 함께 일하면서도 고인에게 오롯이 정성을 쏟는 게 느껴졌다. 그런 분 옆이라면 나도 물꽂이 식물, 아니 유칼립투스처럼 뿌리를 잘 내릴 수 있을 거 같았다. 어쩌면 나도 해바라기 아줌마처럼 주위에 밝은 기운을 나눠주는 어른이 될 수 있을지 모른다는 생각도 들었다.

"햐, 복 받은 놈일세. 어째 그런 분과 인연이 다 되었냐."

민재가 자기 일인 듯 입을 벌리고 좋아했다.

"그러게. 그런데 난 나쁜 놈인가 봐. 선아와 아저씨에 대한 고마움보다는 엄마에 대한 서운함이 먼저 가슴을 치더라고. 엄마한테 두 번 버림받은 느낌이랄까."

말을 꺼내니 한동안 가라앉았던 감정이 다시 치밀고 올라왔다.

"엄마 입장에서는 너랑 같이 살고 싶어도 입이 안 떨어지셨겠네 뭐. 오랫동안 아팠다면 그것만도 미안할 텐데 너까지 책임져 달라고 할 수 있겠냐. 벼룩도 낯짝이 있지. 그러니 너희 엄마가 더 힘든 시간을 보내셨겠네."

민재는 모든 상황이 이해된다는 듯 담담하게 말했다.

그 순간 늘 머릿속에 맴돌던 엄마의 마지막 말이 떠올랐다.

'미안하다…….'

마르고 건조한 그 음성.

어쩌면 엄마는 미안한 사람이 너무 많았는지도 모르겠단 생각이 들었다.

어린 나이에 품에서 떼어놓은 나에게, 나를 맡긴 시어머니에게, 몸이 아파 제대로 돌보지 못한 딸한테, 아내 역할도 제대로 못 하면서 전남편의 자식까지 떠맡긴 아저씨에게도.

미안한 마음이 깊어서 미안한 표정조차 지을 수 없었는지도 모른다.

민재의 말을 들으니 이제야 '미안하다'라고 할 때의 마르고 건조하던 엄마의 목소리도 마음도 조금은 이해될 거 같았다.

나는 민재를 봤다. 역시 나이를 그냥 먹은 게 아니구나 싶었다.

"너 인생 총량의 법칙이란 말 들어봤냐?"

'인생 총량의 법칙?'

어디선가 읽은 적이 있다. 그래서 할머니에게도 들려줬었다. 그때 할머니가 뭐라고 하셨던가?

"하하, 그것참 기분 좋은 법칙이구나. 곰곰이 되짚어 보니 딱 맞는 말인성도 싶고."

아마 할머니는 활짝 웃으며 이렇게 말씀하셨을 거 같다.

"모르지, 모르지? 좋아, 내가 특별히 알려준다."

민재는 마치 내가 몰라야 한다는 듯 '모르지'를 강조하며 이가 훤히 보이도록 웃었다.

"유튜버로 살아가려면 이것저것 듣는 것도 보는 것도 많아야 하거든. 물론 읽기도 해야 하는데 난 읽는 게 왜케 싫으냐. 아무튼 그래서 듣고 보는 걸 많이 하는데, 어느 의사가 강의에서 그러시더라.

사람마다 평생에 걸쳐 겪는 행복이나 불행의 무게가 비슷하게 맞춰져 있다고. 그게 바로 '인생 총량의 법칙'이란 거지. 어때 기쁜 소식이지?"

"그게 뭐 어떻다고?"

"엥? 얘가 말을 못 알아듣네. 그새 돌머리 됐냐? 너나 나나 어린 시절부터 지금껏 불행을 몰방으로 받았잖아. 그러니까 인생 총량의 법칙에 따라 우리의 남은 날은 기쁨이 훨씬 더 많을 거라는 얘기지. 이 얼마나 기쁜 소식이냐고! 안 그러냐?"

민재가 나를 와락 껴안으며 소리쳤다.

나도 모르게 주위를 둘러봤다. 다행히 카페 안이 시끌벅적해서 우리 쪽에 신경 쓰는 사람이 없었다.

나도 민재 등을 토닥여 주었다.

한 사람에게 주어진 행복과 불행의 무게가 비슷하게 맞춰져 있다면 그 법칙을 믿고 싶다. 금수저를 타고 난 몇몇 사람에게만 기쁨, 행복, 즐거움이 몽땅 배분된다면 너무 억울할 것이다. '인생 총량의 법칙'이 불변의 진리였으면 좋겠다. 그렇다면 민재 말대로 우리의 남은 생은 기쁨이 훨씬 많을 테니까.

"아우, 벌써 방학 끝나가네. 아쉽다. 넌 방학 내내 학원만 다녔겠네. 불쌍한 공부 인생."

"아니, 아르바이트했어."

"오, 그거 좋지. 지겨운 공부는 방학만이라도 좀 접어야지. 그래야 공부가 새롭고 신선하게 느껴지지. 안 그렇냐? 히히, 그래 무슨 알바야?"

"응, 좀 특별한…."

말하다 말고 얼른 입을 다물었다.

분명 민재가 엄청난 호기심을 가질 분야였다. 유튜버는 콘텐츠가 생명이라며 남들이 하지 않는 특별하거나 색다른 걸 해야 구독자를 유지할 수 있다고 종종 말했었다.

"왜? 왜 말을 하다 말아? 이거 수상한데."

민재가 눈을 가늘게 뜨고 내 눈을 뚫어지게 봤다. 나는 슬쩍 고개를 돌렸다. 진드기 민재를 포기하게 하려면 정말 아무 일도 아니란 걸 알려줘야 한다.

"그냥, 청소하는 거야. 이런저런 청소."

"청소? 특수청소 뭐 그런 거?"

"뭐 그렇지……."

그 순간 민재의 눈이 확 커졌다. 커진 눈 가득 웃음이 차올랐다.

"야, 좋다! 너 알바 하는 거 한번만 찍게 해 줘라. 응? 요즘 소재 고갈로 죽을 맛이란 말이야."

민재가 간절 모드로 바뀌었다.

그 순간 영규에게 카페 아르바이트를 부탁했을 때가 떠올랐다.

영규는 엄마를 집요하게 설득해서 결국 허락을 받아냈다고 했다. 그때 영규가 얼마나 고마웠는지 모른다.

민재도 곧 '보호 종료'의 시간이 올 것이다. 민재가 세상에 혼자란 생각이 들지 않게 내가 의지가 되어줄 수 있다면 좋겠다. 누군가의 따뜻한 한마디가 살아갈 힘이 되기도 하니까. 영규와 민재가 내게 그랬던 것처럼.

민재 사정을 말씀드리면 아저씨는 분명 흔쾌히 부탁을 들어줄 것이다.

나도 누군가에게 도움이 될 수 있을지 모른다고 생각하니 가슴 속이 환해지는 거 같았다.

14
선아

어제, 선아가 캠프에서 돌아왔다.

얼굴에서 편안함이 느껴졌다. 캠프가 좋았나 보다 싶으면서 마음이 놓였다.

나에게 눈 맞춤으로 알은체를 했을 뿐 딱히 말을 건네지는 않았다. 반갑고 기뻤지만 나도 아무 표현을 못 했다.

"사람이면 모름지기 고마우면 고맙다 반가우면 반갑다, 인사할 줄 알아야 한다."

할머니가 자주 하시던 말씀이다.

사실 선아에게 고마운 것도 미안한 것도 많았다. 어린데도 늘 먼저 다가와 주었지만 낯설고 불편하다는 이유로 데면데면했다.

선아가 좋아하는 아이스크림콘을 사서 방문 앞에 섰다.

똑똑,

기다렸다는 듯 방문이 벌컥 열렸다. 나도 모르게 뒤로 한발 물러섰다.

선아의 눈에 놀란 마음이 고스란히 담겼다. 그럴 만도 했다. 이 집으로 온 후로 한 번도 내가 먼저 선아에게 다가선 적이 없었다.

"들어가도 돼?"

내가 묻자 선아는 말없이 방문을 활짝 열어주었다.

방 안은 온통 핑크빛이었다. 벽지도 침대보도 이불도, 빙빙 돌아가고 있는 선풍기마저 분홍색이다.

선아가 의자를 빼서 내 쪽으로 돌려놓고 자신은 침대 끝에 걸터앉았다.

나는 비닐봉지에서 아이스크림 하나를 꺼내 선아에게 내밀었다.

"한동안 못 먹어서 먹고 싶었는데."

선아는 아이스크림 껍질을 벗기고 한 입 베물었다.

"캠프는 어땠어?"

"가고 싶지 않았는데… 막상은 괜찮았어. 모르는 사람들 속에 있으니까 이상하게 마음이 편하더라고."

선아가 어떤 마음인지 알 거 같았다. 나 역시 그랬었다.

할머니가 돌아가셨을 때 나를 위로해 주려고 내미는 주위의 손길, 시선이 얼마나 어색하고 부담스러웠는지 모른다. 그래서 차라리 모르는 사람들 속에 있고 싶다고 생각했었다.

"오빠."

선아가 아이스크림콘에 눈을 둔 채 나를 불렀다.

오빠, 전에는 나한테 안 어울리는 옷인 것처럼 어색하게 들리던 말이다. 그런데 오늘은 그 말이 찌릿하니 가슴으로 파고들면서 온몸으로 뭉클한 기운이 번져갔다.

아저씨에게 나랑 함께 살자고 말했다는 선아. 선아가 부르는 '오빠'는 진심으로 믿고 의지하고 싶은 오빠일 것이다.

"나, 이런 날을 자주 상상했거든."

선아의 눈은 여전히 아이스크림콘에 멎어 있었다.

'이런 날?'

선아가 말하는 이런 날이 어떤 날인지 감이 오지 않았다. 내가 아이스크림을 내민 걸 말하는 건지, 선아 방을 노크한 걸 말하는지.

"엄마가 돌아가신 거 말이야."

'아!'

선아가 나를 보고 있지 않아 다행이었다. 머릿속 생각을 들켰다면 정말 부끄러웠을 것이다.

"언젠가는 이런 날이 올 거라, 생각했었어. 내가 기억하는 엄마는 늘 아팠고, 아픈 엄마는 다른 엄마들이 해주는 많은 것들을 나한테 못 해줬어. 처음엔 짜증 내다가 언젠가부터 아무것도 기대하지 않게 되었어. 그래서 엄마가 떠나고 없어도 별 차이 없을 거라고 생각했던 거 같아."

뭔가 바닥으로 툭툭 떨어졌다.

아이스크림이 녹아서 바닥으로 떨어졌다. 나는 얼른 책상에서 휴지를 뽑아 바닥을 닦았다.

다른 휴지로 선아 손을 타고 내린 아이스크림을 닦으려고 고개를 들었다. 그런데 선아 눈에 눈물이 가득했다.

"지금은… 못 먹을 거 같아."

선아의 말에 나는 선아 손에서 아이스크림을 빼서 냉동실에 넣었다. 비닐봉지에 있던 다른 콘들도 함께 넣었다.

식탁에서 물티슈 몇 장을 뽑아와 선아 손에 쥐여 주었다.

"다른 엄마들처럼 학교에 찾아오지 않고, 다른 엄마들처럼 함께 놀이공원을 못 가도… 그런 엄마가 이 세상에 없는 거랑은… 다르더라고."

선아의 볼을 타고 내린 눈물이 바닥으로 똑똑 떨어졌다.

선아도 그동안 햇빛이 잘 드는 밝고 환한 곳에서만 산 것이 아니었구나.

콧등이 시큰거리더니 눈앞이 뿌예졌다. 안다, 선아의 마음을. 나도 그랬으니까.

나는 선아 등을 가만가만 토닥였다.

"캠프에서 그렇게 울었는데 아직도 눈물이 나네."

선아가 눈물을 닦으며 웃었다.

"캠프에서 왜? 무슨 일 있었어?"

나도 모르게 목소리가 높아졌다.

"나, 그냥 캠프 간 거 아냐. 가족을 떠나보낸 사람들을 위한 치유 캠프였어. 가기 싫었는데 아빠가 강제로 보낸 거 알지? 여태 그렇게 강하게 한 적이 없는 아빠라 화났었는데, 가길 잘했어. 누구 눈치 안 보고 내 마음껏 얘기한다는 거, 내 속에 있는 걸 쏟아내는 거 좋더라. 공감할 수 있는 사람들이 있는 것도, 역할극도… 내가 엄마한테 못한 말들 다 쏟아냈어. 거기 가보니까 나는 그래도 나은 편이더라고. 엄마가 쭉 아팠잖아. 엄마 아픈 게 좀 지겹기도 했고 언젠가는 떠날지 모른다고 생각했기 때문에… 그렇다고 충격이 없는 건 아니지만 갑자기 교통사고로 부모를 잃은 아이는 준비 안 된 이별이라 더 힘든 거 같았어. 서로 마음을 나누는 건 중요한 거 같아."

선아가 보일 듯 말 듯 웃었다.

그제야 아저씨가 왜 다투면서까지 선아를 캠프로 보냈는지 알 거 같았다. 확실히 선아는 이제 예전의 모습을 회복하고 있었다.

"오빠한테는 알바 시켰다며? 괜찮았어?"

"죽을 거 같았어."

내 대답에 선아가 소리 내어 웃었다. 그 웃음에 마음이 놓였다. 다행이다 싶었다.

내게 아르바이트를 시킨 것도 아저씨만의 처방전이었던 모양이다.

"아저씨한테 들었어. 나랑 함께 살자고 한 사람이 너라며? 나는 당연히 엄마일 거라고 생각했어."

내 속에 아직도 그 부분이 서운함으로 남아 있는 모양이다. 그 말을 하는데 목에 뭔가 걸린 것처럼 아리더니 목소리가 흔들렸다.

"엄마도 사실은 오빠랑 같이 살고 싶었을 거야. 언젠가 엄마가 '오빠 있으면 어떨 거 같아?'라고 물었어. 나는 '너무 좋아, 오빠 있으면 진짜 좋겠다!' 이렇게 말했는데 엄마는 말없이 내 머리를 쓰다듬었어. 그때는 장난으로 물어본 줄 알았는데 사실 그게 아니었던 거지. 엄마 마음에도 늘 오빠가 있었다고 생각해."

"너 지금 나 위로하려는 거지? 나, 네 오빠거든."

"위로가 아니라 사실을 말하는 거야. 오빠네 할머니 돌아가신 거 알고 엄마가 얼마나 걱정했는데. 오빠가 나쁜… 선택할까 봐."

선아는 '나쁜'에서 잠시 머뭇거렸다. 그게 뭘 말하는지 안다.

"할머니 돌아가신 건 어떻게 아셨어?"

내내 궁금했다. 하지만 굳이 묻지는 않았다. 그럼 내리막에 던져진 실몽당이처럼 이야기를 쉼 없이 좔좔 쏟아내야 할 거 같았기 때문이다.

"아빠가 먼저 아셨어. 하필 장례 후라 아빠가 학교로 연락해서 오빠 핸드폰 번호 알아냈다더라고. 엄만 그때 제정신 아니었어. 솔직히 어떻게 되시는 줄 알고 무서웠어. 그래서 연락 안 받는 오빠가 밉기도 했고."

선아 말에 콧등이 시큰거렸다.

그런 줄도 모르고 엄마를 오해한 지난 시간이 부끄러웠다.

눈물이 나올 거 같아 고개를 돌렸다.

책상 위에 놓인 가족사진이 눈에 들어왔다. 손바닥만 한 사진은 액자에 담겨 있었다.

내가 이 집으로 오고 얼마 후 저녁 먹으러 가는 길에 함께 찍은 사진이었다. 선아가 갑자기 지나가는 사람을 붙잡고 부탁해서 찍은 거였다.

사진 속에서 선아는 활짝 웃고 있었다. 엄마도 웃고 아저씨도 웃었다. 나만 어정쩡하니 어색한 얼굴이었다.

'엄마가 이렇게 활짝 웃었네.'

"그때 찍길 잘했지? 우리 넷이 찍은 처음이자 마지막 사진이야. 내 핸드폰 갤러리에 있는 거 프린트했어."

내 눈길을 느꼈는지 선아가 말했다.

"혹시나 해서 말하는데 오빠랑 같이 살자고 한 건 오빠를 위해서가 아냐. 나를 위해서였지."

엉뚱한 말에 나는 눈이 동그래져서 선아를 봤다.

선아가 내 마음을 읽었는지 빙그레 웃었다.

"말했잖아. 내 기억 속의 엄마는 늘 아팠다고. 그래서 엄마가 돌아가시고 아빠마저 무슨 일 생기면 어쩌나, 늘 무섭고 불안했어. 나한테 오빠가 있다는 사실을 알게 되었을 때 처음엔 믿기지도 않고 이상했어. 그런데 자꾸 궁금해지는 거야. 보고 싶다는 생각도 들고.

그래서 아빠를 졸라서 엄마 몰래 오빠가 사는 곳에 가 봤었어."

뜻밖이었다. 선아가 아저씨와 집까지 찾아왔을 거라곤 상상도 못 했다. 물론 동생이 있는지조차 몰랐지만.

"그런데 이사 갔더라고. 아빠가 오빠네 사는 데 알아내느라 고생 좀 하셨어."

'아!'

잊고 있었다. 초등학교 입학하고 얼마 안 있어 할머니는 이웃집 아줌마의 소개로 청소 일자리를 구했고, 일자리를 좇아 서울로 이사했다.

이사한 집을 알아내느라 얼마나 힘드셨을까. 그런데도 나한테는 한마디도 하지 않으셨다. 새삼 아저씨의 품이 정말 넓고 깊구나 싶었다.

"오빠 만나려고 우리가 몇 번이나 허탕 친 줄 알아? 그것도 마트 아줌마 덕분에 겨우 만났어. 아줌마가 아침에 오면 볼 수 있다고 하시더라고. 할머니와 손자가 아침마다 골목에 팔짱을 끼고 앉아 얼마나 다정하게 얘기하는지 모른대. 그런데 진짜더라. 할머니랑 오빠가 해를 향해 나란히 앉아 있는데, 얼마나 아름다웠는지 몰라. 따뜻하고 마음이 포근해지는 한 폭의 그림 같았어. 그 순간 난 오빠한테 폭 빠졌지. 저런 오빠가 있으면 정말 좋겠다 싶었거든."

선아는 그때를 떠올리는지 눈을 허공에 둔 채 웃었다.

할머니랑 함께 햇빛을 쬐던 그 순간이 떠오르면서 나도 모르게 웃음이 나왔다.

"제삼자의 눈에 비친 모습은 실제와 이렇게 다를 수 있구나."

선아가 눈을 크게 떴다. '그게 무슨 말이야?'하는 표정이었다.

나는 할머니와 내가 아침마다 골목에 나란히 앉아 있었던 이유를 이야기했다.

아침 햇빛이 우리 몸에 필요한 호르몬 생성을 촉진한다는 것, 그 호르몬이 면역력을 높여주어 각종 감염병 예방에 효과가 있다는 것, 우울증 극복뿐만 아니라 우리 마음을 기쁘게 하고 평안과 안정감을 느끼게 한다는 것, 그래서 눈 뜨자마자 온몸을 햇빛에 충분히 노출시키는 게 중요했다는 것 등등을 얘기했다.

"그러니까 네가 아름답다고 생각한 그 풍경은 생존을 위한 할머니와 나의 처절한 몸부림의 시간이었던 거야. 우리는 아침에도 낮에도 빛이 들어오지 않는 지하에 살았거든."

"헉!"

선아가 입을 벌린 채 고개를 잘래잘래 흔들었다. 그러다 킥킥대며 웃었다.

"그러네. 우리 눈에는 정말 아름다운 풍경이었는데. 그런데 오빠, 말 되게 잘하네. 오빠 눈이 이렇게 초롱초롱 빛나는 거 처음 봐. 원래 말 좀 하는 분이었군. 그렇게 잘하면서 여태 어떻게 참았대? 입을 꾹 닫고 있기에 말하는 걸 엄청나게 싫어하는 줄 알았지."

선아가 놀리듯 장난스럽게 말했다.

그 순간 영규 얼굴이 떠올랐다. 영규도 선아랑 같은 말을 했었다. 내가 뭔가를 말하거나 설명할 때면 내 눈이 초롱초롱 빛난다고 했다. 설명하는 게 아주 즐거워 보인다고도 했다.

'내가 말하는 걸 좋아하는 거였을까?'

그동안 할머니를 위해 이것저것 설명하고 말해주느라 말을 많이 하게 된 거라고 생각했다. 그런데 선아처럼 어쩌면 나도 말하는 걸 좋아하는 DNA를 가졌는지 모르겠단 생각이 들었다.

"오빠, 할머니와의 그 시간이 생존을 위한 처절한 몸부림의 시간이었다고 했잖아. 그래도 그때가 그리울걸. 그렇지?"

선아의 말이 가슴을 파고들었다.

정말 그랬다. 할머니와 함께 햇빛을 쬐는 그 시간이 그때는 그렇게 슬프고 창피했다. 왜 우리는 빛도 안 들어오는 지하에 살아서 공짜로 누릴 수 있는 햇빛마저도 못 누리고 사나 싶었다. 햇빛 때문에 매일 아침이 슬펐다. 그런데 할머니가 떠나고 나서야 그 시간이 더없이 아름답고 행복한 시간이었다는 걸 깨달았다.

슬프거나 아팠던 일들도 시간이 지나면 모두 아름답게 느껴지는 걸까? 이미 지나간 과거이기 때문에? 그렇지는 않을 것이다. 생각해 보면 할머니와의 그 시간은 편안한 하루를 시작하는 루틴이자 주문 같은 거였다. 나란히 앉아 햇빛을 쬐고 나면 '아, 오늘 하루도 우리 할머니가 잘 견디시겠구나.' 마음이 놓였다. 그래서 내 하루도 평화로웠다.

“맞아, 엄마와의 시간도 그렇고… 그래서 후회되는 게 많아.”

내 말에 선아가 천천히 고개를 끄덕였다.

“아빠한테 들었어. 엄마 돌아가시고 밥을 못 먹었다며? 난 몰랐어. 언제나처럼 평온하니까 아무렇지 않은 줄 알았지. 미안해, 오빠! 오빠 마음도 모르면서 내가 함부로 말해서. 사실은 나 자신에게 짜증 났던 거 같아. 엄마한테 잘 못 한 것들만 떠올라서 괴롭고 속상했거든. 후회도 되고…….”

“아냐, 틀린 말도 아닌데 뭐. 그런데 너 그때 되게 무섭더라. 엄마가 돌아가셨는데 어떻게 눈물 한 방울 안 흘리냐며 째려볼 때 가슴이 다 서늘했어. 하마터면 심장마비 올 뻔했잖아.”

선아가 내 어깨를 치며 웃었다.

“오빠가 우리 집에 온 날, 나 너무너무 좋았는데! 아빠 말고도 내가 기댈 수 있는 사람이 생긴 거 같아서 진짜 행복하고 좋았어.”

선아가 웃었다. 전처럼 밝고 환한 웃음이었다.

선아도 눈 부신 햇살 속에서만 살아온 게 아니었다. 스스로 밝고 환한 빛을 찾아 구부러지고 휘어지며 살았던 거다. 선아의 고단했을 해바라기가 아프게 다가왔다.

엄마가 내게 줄기차게 전화와 카톡을 하던 순간이 떠올랐다. 엄마는 그때 든든한 울타리를 만들어 주고 싶었을 거란 생각이 들었다. 나에게나 선아에게나. 어쩌면 아저씨에게조차도.

'고마워. 그리고 미안해 선아야.'

선아의 등을 토닥여 주었다.

나도 선아가 기댈 수 있는 오빠가 되고 싶다는 생각이 고물거리며 올라왔다.

15
삶은 그렇게 계속된다

들어가는 중이다. 1시간 걸릴 거다.

아저씨가 보낸 문자였다.

낮에 선아에게 아저씨가 언제쯤 들어오시냐고 물었었다. 선아가 아저씨에게 그 말을 한 모양이었다.

네, 제가 저녁 준비해 놓을게요.

혹시 아저씨가 뭘 사 오실까 봐 문자를 보냈다.

아저씨는 '그래'라는 짧은 답장을 보내왔다.

할머니가 고마운 건 고맙다고 말할 줄 알아야 한다고 했지만, 여전히 말로 하는 건 쑥스러웠다. 대신 저녁을 차려드리기로 마음먹었다.

낮에 두부랑 호박을 미리 사 왔었다. 냉장고에는 된장, 마늘 같은 것들이 다 비치되어 있었다. 재료들을 꺼내는데 가슴이 뛰었다.

할머니가 알려주신 대로 뚝배기에 쌀뜨물을 넣고, 대가리와 똥을 떼 낸 멸치 몇 마리를 넣었다. 할머니는 멸치 대가리와 똥이 들어가면 쓴맛이 난다고 했다.

감자 하나를 깍둑깍둑 썰어 넣었다. 보글보글 끓자 된장 두 숟갈 정도 넣어 풀고 호박, 청양고추, 두부를 넣어 끓였다. 집안에 된장찌개 냄새가 솔솔 퍼졌다.

할머니는 남자도 음식을 할 줄 알아야 한다며 몇 가지 찌개 끓이는 법을 알려주셨다. 가끔은 '우리 선우표 된장찌개 먹고 싶다'라며 나를 간질였다. 내가 끓여주면 할머니는 너무 맛있다고 연신 웃음이 떠나지 않았다. 좀 귀찮을 때도 있었지만 배워두길 잘했다.

어쩌면 할머니는 내가 혼자 남겨질 때를 대비해서 그리하신 게 아닐까, 이제야 그런 생각이 든다.

"오빠, 내가 뭐 도와줄까?"

선아가 방문을 열고 나와서 물었다.

"다음에. 오늘은 나 혼자 준비하고 싶어."

선아는 엄지를 치키며 방으로 들어갔다.

숟가락을 놓고 아저씨가 사다 놓은 몇 가지 반찬을 꺼냈다. 달걀

세 개를 꺼내 프라이 하는데 현관문 비밀번호 누르는 소리가 났다.

선아가 얼른 방에서 나왔다.

"오, 냄새 좋은걸."

아저씨가 신발을 벗으며 말했다.

아저씨 입에서 '오!'라는 감탄사가 나온 건 처음이라 나도 모르게 아저씨 얼굴로 눈이 갔나.

'오!' 하면서도 얼굴은 여전히 무표정해서 하마터면 웃음이 터질 뻔했다.

"아우, 냄새! 아빠 때문에 구수한 된장찌개 냄새 다 버리겠네."

선아가 코를 잡고 말했다.

아마 오늘도 아저씨는 고독사 현장을 정리하고 오신 모양이다.

"미안, 빡빡 씻었는데도 그러네."

아저씨는 몸에 코를 대고 킁킁대며 냄새를 맡았다.

분명 사무실에서 깨끗이 씻고 오셨을 거다. 하지만 몸에 밴 냄새는 쉬이 사라지지 않았다.

나는 알은체를 하느라 아저씨를 향해 고개를 숙였다. 아저씨는 언제나처럼 무표정한 얼굴로 고개를 끄덕였다.

"식사 준비, 다 됐어요. 밥 풀게요."

내 말에 아저씨도 선아도 식탁으로 와 앉았다.

"이런 것도 할 줄 아니?"

아저씨가 의외라는 듯 된장찌개를 보며 눈을 크게 떴다.

"맛은 어떤지 모르지만, 냄새는 진짜 좋다. 아빠 먼저 먹어봐."

선아 말에 아저씨가 숟가락을 들고 된장찌개를 떠서 입에 넣었다. 나도 모르게 아저씨 얼굴로 눈이 갔다. 선아도 기대에 찬 눈으로 아저씨를 봤다.

아저씨가 나와 선아를 번갈아 보며 이마를 찡그렸다.

"그렇게 별로야? 냄새는 진짜 좋은데."

"아, 너무 오랜만에 했더니 맛이 안 나나 봐요."

나도 모르게 어깨가 움츠려졌다.

"맛있어. 엄마가 끓인 거 같네."

그제야 아저씨가 보일 듯 말 듯 웃었다. 입꼬리만 살짝 올라가서 정말 웃었나, 싶은 웃음이었지만 기분이 좋았다.

"와, 그 정도야?"

선아가 얼른 떠먹었다.

"뭐야, 엄마 거보다 훨씬 맛있잖아! 엄마표는 국수가 최고지."

선아가 웃었다.

그 순간 엄마·선아랑 셋이 국수 먹던 날이 떠올랐다. 잠깐 가슴이 아릿했다.

"할머니한테 배웠니?"

아저씨의 말에 나는 고개를 끄덕였다.

"앞으로 식사는 오빠가 담당하면 되겠다."

"그러라고 하면 선우가 서운하겠지? 아무리 맛있어도 서로 당번을 정하기로 하자. 어차피 너도 배워야 하잖아. 그런데 오늘 무슨 날이니?"

아저씨가 벽에 걸린 달력을 보며 물었다.

"맞아. 오빠, 오늘 무슨 날이야? 갑자기 웬 저녁?"

선아와 아저씨가 동시에 나를 봤다. 나는 고개를 저었다.

"그냥 감사해서요. 할머니가 그러셨거든요. 사람이면 모름지기 고마우면 고맙다, 반가우면 반갑다 인사할 줄 알아야 한다고요."

나는 진심으로 너무 고마웠다. 선아와 아저씨가 먼저 내게 손 내밀었다는 사실을 몰랐다면 나는 여전히 깜깜한 굴속에 있는 기분이었을 것이다.

"난 쑥스러운 건 못 참는데. 이렇게 맛있는 찌개도 끓여주고 고맙다. 어서 먹자."

아저씨는 숟가락 가득 찌개를 떠먹었다. 선아도 부지런히 떠먹었다.

그 모습을 보니 밥을 안 먹었는데도 배가 부른 느낌이었다.

내가 밥 먹는 모습을 보며 할머니는 곧잘 '아이고, 우리 선우 먹는 거 보니 안 먹어도 배가 부르네.'라고 하셨다. 그때 할머니도 이런 마음이셨구나, 싶었다.

"저, 특수청소업체 아르바이트 또 언제 해요?"

내 말에 선아가 숟가락질을 멈추고 나를 봤다.

"오빠, 진심이야? 그 알바 또 하고 싶어?"

선아가 눈이 동그래져서 물었다.

나는 허공을 보며 눈을 슴벅거렸다. 딱히 하고 싶은 건 아니지만 그렇다고 하기 싫은 것도 아니었다. 힘들지만 그 일을 통해 느끼는 바도 많았다.

"안 해도 돼. 네 직업은 학생이잖아. 학생의 본분은 공부고. 이제 열심히 공부해야지."

"방해되지 않는다면 이따금 하고 싶어요. 기호 형이 궁금해하는 게 있는데 그것도 대답해 주고 싶고요."

"그렇다면 뭐… 공부하기 싫을 때 말해. 진짜 힘든 게 뭔지 느껴 봐야 또 정신이 번쩍 들지."

아저씨가 마지막 말에 힘을 주었다. 왠지 이젠 아저씨가 현장을 골라서 해주진 않을 거 같았다. 하지만 겁나지 않았다.

"너 알바 하는 거 한 번만 찍게 해 줘라. 응? 요즘 소재 고갈로 죽을 맛이란 말이야."

민재가 간절 모드로 말하던 모습이 떠올랐다.

아르바이트 나갈 때 말씀드려도 늦지 않을 것이다.

잘그락, 잘그락… 집안에 퍼지는 숟가락질 소리가 듣기 좋았다. 경쾌하고 가볍고 따뜻했다.

선아에게도 경쾌하고 가볍고 따뜻하게 느껴졌으면 싶다. 그래서 이곳이 선아의 케렌시아가 될 수 있으면 좋겠다. 우리의 케렌시아가 될 수 있으면 좋겠다.

"오빠, 설거지는 내가 할게."

"아냐, 오늘은 내가 끝까지 다 할게."

"오, 그럼 나야 사양 안 하지."

선아가 손뼉을 쳤다.

"그래, 나도 오늘은 사양 안 할게."

아저씨가 소파에 앉으며 텔레비전을 켰다.

함께 한다는 것, 얘기할 수 있는 사람이 있다는 것, 참 좋다.

문득 이제 김선우로 살아도 괜찮겠다는 생각이 들었다. 김진수의 아들 김선우로, 김선아의 오빠 김선우로.

뽀드득 소리가 나도록 그릇들을 깨끗이 씻어 건조대에 엎었다.

방으로 들어와 책상 앞에 앉으니 열린 창문으로 바람이 불어왔다.

영규 생각이 났다.

영규는 방학 전, 전화와 카톡을 한 뒤로 더이상 연락이 없었다. 하지만 분명 내 소식을 궁금해하며 답장을 기다리고 있을 것이다.

나는 핸드폰을 켜고 카톡 창을 열었다. 오랫동안 연락하지 않았지만, 카톡을 주고받은 사람이 거의 없으니 금세 영규 카톡을 찾을 수 있었다.

이번 방학 때 추억여행 2탄 어때?

참고로 숙식 제공, 비좁은 텐트 절대 아님.

영규의 카톡을 읽으니 가슴이 따뜻해 왔다.

이제는 어디로든 마음 편히 떠날 수 있을 거 같다. 비좁은 텐트가 아니라 천막의 사막여행이라도. 영규와 함께라면 어디든 좋다.

영규야, 이번 방학은 끝나가네.

추억여행 2탄, 다음 방학을 기대해도 될까?

나는 잠깐 심호흡을 한 뒤 발송 화살표를 눌렀다.

가슴이 뛰었다. 그리고 시원했다. 내내 미뤄둔 숙제를 끝낸 것처럼.

할머니가 그랬다. 봄이 아름다운 건 혹독한 추위의 겨울을 이겨냈기 때문이라고.

모든 것은 지나간다. 감당하기 힘들다고 느껴지는 고통도 결국은 시간과 더불어 지나간다. 할머니가 떠나고 엄마가 떠난 자리, 아무도 없다고 생각했는데 그 자리에 선아가 있고 아저씨가 있다. 아니 새아빠가 있다. 영규가 있고 민재가 있고 기호 형, 규태 형, 수리점 할아버지도 있다.

할머니와 사는 시간이 즐겁고 행복했지만, 그때는 그걸 깨닫지 못했다. 늘 없는 것, 부족한 것에만 눈이 가 있었다. 남들은 다 있는데 나만 없는 엄마와 아빠! 그래서 그 시간이 늘 허기지고 우울했다.

이제는 내가 가진 것들에 눈을 두고 오늘을 살 것이다. 지금의 이 시간도 다시 돌아오지 않을 소중한 순간이니까. 그 소중한 순간 순간이 모이고 이어져 내 삶이 될 것이다.

해바라기 아줌마처럼 주위를 환하게 밝히는 삶이 될 수도 있고, 수리점 할아버지처럼 고장 난 것에 생명을 불어넣는 것에 행복을 느끼는 삶이 될 수도 있을 것이다. 새아빠처럼 누군가 떠난 자리를 정리하며 따뜻하게 보듬는 삶이 될 수도 있을 것이다. 혹은 아주 다른 나만의 새로운 길을 만들어 낼 수도 있을 거다.

어느 쪽이든 상관없다. 내가 원해서 내가 만들어 간 삶일 테니까.

모든 것은 지나가고 또 시작된다. 삶은 그렇게 계속될 거다. ♣

저자와
협의하여
인지 생략

〈나답게 청소년 소설〉

낮선 아르바이트

지은이 | 이경순
펴낸이 | 一庚 장소님
펴낸곳 | 도서출판 답게

초판 인쇄 | 2023년 12월 15일
초판 발행 | 2023년 12월 20일

등록 | 1990년 2월 2일, 제 21-140호
주소 | 04975 서울특별시 광진구 천호대로 698 진달래빌딩 502호
전화 | (편집) 02)469-0464, 02)462-0464
(영업) 02)463-0464, 02)498-0464
팩스 | 02)498-0463

e-mail | dapgae@gmail.com, dapgae@korea.com

ISBN 978-89-7574-361-0

나답게 · 우리답게 · 책답게

* 책값은 뒤표지에 있습니다.
* 잘못 만들어진 책은 구입하신 서점에서 교환해 드립니다.